JN284127

BBN
B●BOY NOVELS

馬主《ばぬし》貴族は孤高に愛す

桂生青依

イラスト／明神 翼

この物語はフィクションであり、実際の人物・団体・事件等とは、いっさい関係ありません。

CONTENTS

「わたしが助けに行く。だからきみは早く下がれ」
「何言ってるんですか！　あなたこそ逃げ……」
その瞬間、唇に何かが触れた。
（本文より）

馬主《ばぬし》貴族は孤高に愛す

「ね、ねえちょっと……そろそろ放してくれないかなあ……」

イタリア北部、ミラノの北西マジョーレ湖近く。

景勝地として有名な湖畔からは少し離れた、山間の、牧草の緑と空の青が眩《まぶ》しい風景の中。

瀬里沢真琴《せりざわまこと》は眉をハの字に下げ、弱り切った声を上げていた。

視線の先には、馬。しかも二頭の馬だ。

茶色いその二頭は、さっきから真琴のジャケットの袖を噛んで放さない。

魅力的な牧場風景に惹《ひ》かれ、思わず牧柵《ぼくさく》の近くまで足を向けてしまったのは失敗だったかもしれない。

馬が寄ってきたことに感激したところまではよかったが、その馬は遊んでいるつもりなのか餌《えさ》だと思ったのか、真琴の袖を噛んで放そうとしないのだ。

強い力で引っ張れば引き離せるかもしれない。だが、無理をして馬に怪我でもさせたらと思うと、動けない。

「これじゃデンツァさんの屋敷に辿り着けないよ……」

真琴は、袖を噛みもぐもぐと口を動かしている馬を見つめながら、はーっと溜息をついた。

まだ夜も明け切れていないうちに起き出し、ミラノから電車でここまでやってきたのはそれ相応の用事があるからなのに、これではいつその用事を果たせるかわからない。

それでも、一心に口を動かしている愛らしい馬を見ていると自然に笑みが浮かぶ。

い。

「まあ、いいか」

こうして馬と仲良く（？）なれたのも、考えようによっては幸先がいいということかもしれない。

なにしろ、ここへは馬の靴である馬蹄《ばてい》を探しに来たのだから。

（じいちゃんのために、なんとかして手がかりだけでも摑まないと）

真琴は、日本で待っている祖父と、祖父が持っている馬蹄に思いを馳《は》せながら、ここなら、探しているものが見つかるに違いないという期待に胸を膨《ふく》らませた。

今年で二十六歳の真琴は、現在東京の吉祥寺《きちじょうじ》でアンティークショップを営んでいる。扱っているのは、主にヨーロッパで買い付けた雑貨や家具だ。

銀製品にティーセット、オルゴール、本、額《がく》、鏡、アクセサリーに革製品。頼まれれば、服や大きめの家具や名のある作家の作品を買い付けに行くこともあるが、普段店に並べているのは、日々の生活に潤いを与えるような、「自分へのご褒美《ほうび》」になりそうなちょっとした逸品だ。

といっても、一人でやっているのではなく、元々の店主である祖父の後を継ぐべく、いろいろと教えられつつ一緒に経営しているのが現状だ。

真琴は、両親が二人とも忙しく働いていたため、子供のころから自宅の近くで店を営んでいる祖父母のもとで育ってきた。

そのせいか、クラスメイトたちがマンガやゲーム、サッカーに熱中していたときも、真琴は店に並んでいる海外の古いものに夢中だった。

特に、古いオルゴールは大好きで、両親が休みの日でも家にいるより店でそれらを眺めていたいほどだったし、宿題もわざわざ店の隅でやっていたほどだった。

だから今から三年前、祖母が亡くなり気落ちした祖父が店を畳もうとしたとき、真琴は堪《たま》らず申し出たのだ。

自分がここを継ぎたい――と。

祖父には「せっかくいいところに就職したのに」と反対されたが、真琴は自分の気持ちを貫《つらぬ》き、当時勤めていた会社を辞めて、店で働くことを決めた。今では、祖父もそれを喜んでくれているようだ。

まだまだ新米なために大変なこともあるが、子供のころから本物を目にしていたことと生来《せいらい》の粘り強さと器用さが幸いし、今のところはなんとか店を切り盛りできている。

身長は人並みにあるものの、男にしては細い上に若く見られすぎることもある真琴だが、昔から店に来ていたためか常連さんたちにも可愛がられ、じいちゃんに手助けされながらも店主として一歩一歩頑張っているところだ。

しかしそんな毎日の中、一つだけずっと気にかかっていたことがあった。

それは、じいちゃんが折に触れて眺めている馬蹄のことだ。

銀色のそれは、まだばあちゃんが生きていたころ、とても大切にしていたものだ。

実際にレースで使われた痕跡があり、随分《ずいぶん》古いもののようだったが、ばあちゃんがいつも丁寧に磨《みが》いていたためか古びた印象はなく、嵌《は》められている三つの緑の石の美しさと相まって、ちょっとした美術品のような逸品だった。

初めて見る馬蹄の不思議な美しさに惹かれ、真琴は何度かその由来を祖母に尋《たず》ねたのだが、祖母はにっこりと微笑み「昔の思い出よ」と言うばかりだった。

しかし祖母が死んで少ししたとき、祖父が馬蹄についての話をしてくれたのだ。

『これはなあ…ばーさんが唯一わしに「買ってほしい」と頼んできたものでな』

店を閉めた後、いつものように炬燵《こたつ》に入り、今は祖母の形見となった馬蹄を大切そうに磨きながら、祖父は言った。

『少し店が楽になって、初めて二人で一緒に海外に行ったときだったか……。蚤《のみ》の市に並んでいたのをばーさんが随分気に入ったみたいで、「買ってほしい」と言ってきてな。それで買ったものだ。馬蹄は幸運を呼ぶと言うしな』

そして買ってからというもの、祖母は大切に大切にそれを扱い、磨きながら旅行の思い出話をしていたらしい。

そのため、祖父は祖母が亡くなったとき、馬蹄も一緒にお墓に入れることも考えたようなのだが、数少ない祖母の思い出の品をどうしても手放すことができず、今も手元に置いているのだという。

『それに、実は後悔しとる。調べてみたらこれは馬の前脚に付ける蹄鉄《ていてつ》のようなんだが、だとしたらもう一つあるはずだからなあ。なんであのときもう一つ探さなかったのか……。そうすれば、これをばーさんのお墓に入れてやっても、ばーさんと揃《そろ》いで持てたのにと思ってな』

馬蹄を見つめ、残念そうに溜息をつきながら言った祖父を見てからというもの、真琴は買い付けのために海外に渡るたび、折に触れてその馬蹄の片割れを探すようになった。

祖父が持っているものを写真に撮り、マーケットや蚤の市を巡っては、同じものがないか見比べて回り、店主に訊《き》いて回った。

そこでわかったことと言えば、その馬蹄に嵌められている緑の石は後から嵌めたものだろうということ。そんな風に装飾された蹄鉄は何か特別なものである可能性が高い一方、ただの馬蹄を「土産物」として売るために飾り付けたものや、高く売るために曰《いわ》くありげに加工したものも少なくないということだった。

『まあ、名のある馬のものなら市場に出たりはしないだろうから、きっとそれらしく加工された土産物を買わされたんだろう』

真琴が馬蹄の写真を見せ、祖父がそれを手に入れたいきさつを話すと、店主たちはみんな苦笑を浮かべつつそう言った。

だが、真琴はその意見には頷《うなず》けなかった。

旅の思い出に買ったものだとしても、目利《めき》きで通っていた祖父と一緒に長年店をやっていた祖母が欲しがったのだ。

きっと、ただの土産物じゃない——そう思えて。

それに、真琴の目から見てもその馬蹄は「特別」な雰囲気を纏《まと》っていた。馬具は専門外だが、単なる土産物とは思えない重厚感が感じられたのだ。歴史の重みとでも言えばいいのだろうか。作った人の想いが込められているような、そんな気配が。

だからこそ、真琴はその片割れであるもう一つの馬蹄をずっと探し続けていた。

最初は祖父のためだったけれど、いつしか真琴もまた、あの美しい馬蹄が二つ揃うところを見てみたくなって。

そして、探し続けて何年か経《た》った昨日。真琴はようやく手がかりのようなことを耳にした。

市内から少し離れたところで開かれていた蚤の市で、真琴が差し出した馬蹄の写真を見た男は、何かを思い出すような顔をして言ったのだ。

『そう言えば、昔噂は聞いたことがあるよ。名のある馬の蹄鉄を売ってた奴がいるらしい、ってな。だが普通は大きなレースを勝てば記念にとっておくものだし、どうせニセモノで、そこらの馬のものを曰くありげに売ってるだけだろうと思って、誰も気にとめなかったんだ』

と。

そして男は、『考えられるとしたら……』と、一つの家の名前を上げた。

それが、今やってきたマジョーレ湖近くに牧場を構えるデンツァ家だ。

男から名前を聞いて、ホテルへ戻りパソコンで調べてみたところ、デンツァ家は元貴族の家柄で、イタリアのみならず世界でも有名な、馬に関わる家柄らしい。

昔から自分の牧場で馬を生産しており、過去には大きなレースを勝った馬も何頭もいるようだ。

ここならひょっとしたら……と期待も高まり、真琴はすぐにその家に連絡してみた。だが、電話越しでは上手く話を伝えられず、相手にされなかったため、思い切って直接やって来たのだ。

「それにしても……広いなあ……」

右も左も牧場が広がる広大な大地。

真琴はまだ馬に袖を食べられたまま、改めて辺りを見回した。

広い牧場は牧柵で幾つものエリアにわけられており、馬があちこちにいる。

目を凝《こ》らせば大きな馬だけでなく子馬もいるようだ。この牧場で産まれた子なのだろうか。

この辺りの土地は全部デンツァ家のものなのだろうか？

「だとしたら、凄いお金持ちなんだなあ……」

サラリーマンの家庭に育った真琴にとっては「イタリアの元貴族」という肩書きの凄さは想像もつかないが、この牧場が全てデンツァ家のものなら、相当なお金持ちと言えるだろう。

以前、テレビの中継で北海道の牧場風景を見たことがあったが、そのとき画面に映った牧場よりももっと広い気がする。向こうには地平線も見えるし、ここで迷ったら帰れなくなってしまうだろう。

そう思うと不安にもなるが、ここまで来て話もせずに諦めるわけにはいかない。

「あ……」

するとそのとき、飽きたのか、馬たちがようやく口を放す。そして放すや否や、大きく嘶《いなな》いて走っていってしまった真琴は馬の涎《よだれ》でべちゃべちゃになった袖に苦笑した。

「あーあ……」

一番いい上着を着てきたのに、これでは台無しだ。

だが滅多《めった》にない経験をしたとも言えるだろう。海外に出かければ、ちょっとしたハプニングは日常茶飯事だ。

「……ま、いいか」

真琴は気分を変えるように言うと、鞄《かばん》を持ち直し、プリントアウトした地図を片手に、背筋を伸ばして目的の屋敷を目指して歩く。

それからさらに二十分ほど歩いただろうか。

なんとか辿り着いたそこは、想像していた以上に大きな屋敷だった。

「う……わ……」

森の中にひっそりと建つその屋敷は、歴史を感じさせる堂々とした佇まいで、思わず気圧《けお》されてしまいそうになるほどだ。

まるで映画に出てくるような、所々に蔦《つた》の絡まる石造りの大きな屋敷は、歴史が醸《かも》し出す威厳と品のよさがあり、緑の多いこの場所にとても似合っている。

真琴は不意に、自分の格好を恥ずかしく感じた。

今回は買い付け旅行のつもりだったから、いつものように動きやすい服しか持ってこなかった。

その中でも一番いいシャツやスラックス、ジャケットという格好で来たが、やはりスーツを新しく買うべきだっただろうか？

「でも時間がなかったんだよなあ……」

とにかく早く話をしたくて、とるものも取り敢《あ》えずやって来てしまったから。

ここまで来たら、腹を括《くく》るしかない。

なんとか話をして、あの馬蹄について少しでも情報を集めたい。もしこの家に縁のあるものならもう一つの馬蹄を見せてもらえるように頼みたいし、そうでなくても、馬の生産に携わっているこの家の人なら、何か知っているだろう。

今までは、なんの情報も得られていなかったから、どんな小さな情報でもありがたい。

(よし)

真琴は大きく深呼吸すると、大きなドアのドアノックハンドルに手を伸ばす。よく見れば、そこに彫り込まれている意匠《いしょう》は馬の横顔だ。

(こんなところまで……)

ドキドキしながらノックすると、ややあって、扉がゆっくりと開き、一人の老人が姿を見せた。

老人——といっても白くなった髪がそう思わせるだけで、佇まいは隙のない凛《りん》とした姿だ。

厳格な執事といって思い浮かべるイメージそのもののような姿。

姿勢のいい彼に見下ろされ、真琴が思わず怯んでしまうと、

「どなたですか」

抑揚《よくよう》のない声音で尋ねられる。

真琴は緊張しながらも、名前と日本から来たことを伝える。しかし男の顔はみるみる硬く強張ると、胡乱《うろん》なものを見るような目つきになり、ここへ来た理由を話す前に「お帰り下さい」と、ドアを閉められかけてしまった。

「待って下さい!」

真琴は慌ててそれを引き止めると、ポケットから写真を取り出した。

「急に来て、驚かせてすみません。でも、あの、これを探してるんです。何か少しだけでも——」

「お帰り下さい」

「ちょっ——」

「お約束のない方とこれ以上お話しすることはありません」

「それは」

そうかもしれないが、せめて写真を見てくれるだけでも——と食い下がろうとしたとき。

「——何をしている」

背後から、不意に声が聞こえた。

低く、よく響く弦楽器のような、恐ろしくいい声だ。

びっくりして振り返ると、そこには、声から想像していた以上に端整な貌《かお》の男が立っていた。

一瞬、息が止まってしまう。

朝の冴えた空気がそのまま人の形になったような、印象的な佇まいだ。しかも着ているものは今まさに乗馬を終えたような服で、まるで絵画から抜け出してきたかのように格好がいい。

一八〇センチは間違いなく超えている均整の取れた長身に、濃茶の髪。瞳は、深い森を思わせる緑だ。そう——あの馬蹄に嵌められていた石のような緑。

彫りが深く彫刻のような目鼻立ちは、上品な上に男らしい色香に溢《あふ》れていて、いつまでも見つめていたくなる。

何か言わなければと思うのに、ぼうっと見とれてしまい動けずにいると、男はつかつかと近付いてくる。

次の瞬間、男は真琴が持っていた写真をさっと取り上げた。

一目見るや否や、形のいい眉をきつく寄せる。

戸惑う真琴を男はぎっと睨《にら》み付けてきた。

「どこでこれを？」

「え……」

「どこでこの写真を撮ったんだと訊いている。返答次第ではこちらにも考えがある」

「考えって、どういうことですか。それより、これを知ってるんですか？」

「訊いているのはわたしだ。答えろ」

高圧的な声音で言われ、一瞬たじろいだものの、真琴は素直に答えた。

何より、彼がこの馬蹄について知っているらしいことが気になったのだ。

「これは、僕の祖父が持っているものです。三十年ぐらい前に、祖母と初めて海外旅行をしたときにイギリスで買った、と聞いてます」

黙ったまま聞いている男に、真琴は続ける。

「僕は祖父のためにこの片割れを探してるんです。これは馬の前脚に履かせるものだから、もう一つあるはずだ…って。それで、できればなんとかしてもう一つを手に入れたいんです。無理なら写真を撮ることだけでもできないかと思って」

「ではきみの祖父がこれを持っているのか」

「はい」

頷くと、男はますます表情を厳しくする。きつい眼差《まなざ》しで写真を見つめ、何か考えるような素振りを見せている。

整った顔立ちだけに、辺りの空気もなんとなく張りつめたものに変わってきている気がする。

馬蹄について訊きたいものの、尋ねにくい雰囲気だ。

「あ、あの……ところで、あなたはいったい……」

ただならぬ様子が怖くて、真琴は話を変えようと男に尋ねる。すると男は真琴を見下ろすようにして言った。

「わたしはアルフレード＝デンツァ。この屋敷の主人だ」

「主人!?」

「そうだ。そしてこの馬蹄は我が家のもの。父の持ち馬だったモルペウスのものだ。対のものも、もちろんこの屋敷にある」

「――！」

期待していた以上の話に、真琴の興奮が一気に高まる。

「あの、お――お願いです！　その馬蹄をぜひ一目だけでも――」

「だがきみには関係のないことだ。さっさと帰れ」

「そんな！　お願いです！　せめて写真を撮らせてもらえませんか！」

「帰れ。それとも盗まれたものを返せと責められたいか」

「盗まれた……？」

思いがけない言葉に、昂《たかぶ》っていた気持ちが瞬時に冷える。

目を瞬かせた真琴の目の前で、アルフレードは「そうだ」という顔で言った。

「この馬蹄は我が家のもの。父の所有馬であるモルペウスが引退レースの凱旋門賞《がいせんもんしょう》を勝ったとき前脚に履いていた蹄鉄に、それまで勝ったレースの数と合わせて三つの宝石を埋め込んで作った、デンツァ家の家宝の一つだ。だがある日、二つ揃いの蹄鉄の一つが失われていた。おおかた、使用人の誰かが持ち出したのだろう。それに気付いてからというもの、なんとか見つけ出そうと随分探したが……結局見つからなかった」

当時のことを思い出しているのか、アルフレードは顔を歪《ゆが》める。

「だがまさか日本に渡っていたとはな。知った以上返してもらいたいが、その様子なら盗品だとは知らなかった様子。それに免じてこちらも我慢してやる。だからさっさとこの場から立ち去れ。返せと言われないだけありがたいと思え」

そしてアルフレードは真琴を冷たく一瞥《いちべつ》すると、ドアの傍《かたわ》らに控え、一連の話を聞いていた執事のような男に視線を向ける。

それが合図だったかのように大きく開けられたドアの向こうへ、アルフレードが消えていこうとしたそのとき。

「まっ、待って下さい」

その腕に、真琴は思わず縋《すが》り付いていた。

「少しだけで…少しだけでいいんです。無理を言っているのはわかってます。でもどうしても祖父のために、写真だけでも撮って見せてあげたいんです」

「放せ！」

だが、鋭い声とともに腕を振り払われ、真琴は踏みとどまれず尻餅をついてしまった。

「いた……」

痛みに顔を顰《しか》めると、視界の端に、気まずそうなアルフレードの貌が映る。

が、彼はフイと顔を逸《そ》らすと、そのまま屋敷の中に入ってしまう。

追いかけようとしたが、執事に止められてしまった。

「――お帰り下さい。旦那さまはお疲れです」

「でも…でももう少しだけ！　もう少しだけ話をさせて下さい！」

「お帰り下さい！」

きつい口調で言われ、真琴の肩から力が抜けた。

せっかくここまで来たのに、せっかく手がかりを見つけたのに、このまま帰らなければならないんだろうか。諦めるしかないのだろうか。

だがアルフレードの話が本当なら、祖父が持っているあの馬蹄は、本来持っていてはいけないもの。本当ならこの家に返さなければならないものだ。

アルフレードが言っていたように「返せ」と言われないだけで満足すべきなのだろう。

（でも……）

悔しさと悲しさに、ぎゅっと唇を噛んだときだった。

「お気持ちはわかります」

静かな声がした。

はっと見れば、執事が気遣うような瞳で見つめてきている。彼は続けた。

「わざわざ日本からいらしたのですから、あなたさまの熱意や、あの馬蹄があなたさまのおじいさまにとって大切なものだということは、旦那さまもきっとわかっていることと思います。ただ……」

「ただ？」

「お気を悪くなさらないで下さいませ。あなたさまが『そう』だとは決して申しません。申しませんが、デンツァ家のような家では、そういう話も多いのです。その…つまりこちらの気持ちにつけ込もうという者が様々な話を持ち込んでくることが」

「……」

「ですから、旦那さまは本来なら本当に親しい方としかお会いにはなりません。話を聞くこともございません。今日は本当にたまたま…朝、馬を見た帰りにこちらにお寄りになったために会えたに過ぎません。いつもなら、ご自分のお部屋に一番近い入り口からお入りになるので」

本心から真琴を気遣ってくれているのか、執事の声は優しい。最初に会ったときのような、こちらを牽制《けんせい》するような雰囲気もない。だが、話は相変わらず「帰れ」という内容のものだ。

「……わかりました」

真琴は話を聞き終えると、小さく頷く。

しかし直後、顔を上げて言った。

「今日は帰ります。アポもなしにいきなり押しかけてしまって、すみませんでした。明日また来ますので、そう伝えて下さい」

「え？　あ――あの」

「申し訳ありませんが、僕もここですぐには引き下がれないんです」

そして深く頭を下げると、真琴はその場を後にする。

無理なのはわかっている。でもせっかく得られた大きな成果なのだ。ずっと探していたものがここにあるというのに、一度「だめだ」と言われたからといって、諦めて帰れない。

真琴は、一歩一歩その場から離れながらも、今ここで聞いたことの全てを確かめるように、もう一度屋敷を振り返る。

二階の窓に、こちらを見ている人影が見えた気がした。

◆

翌日、真琴は言ったとおり再びデンツァ家の屋敷を訪れた。

といっても、アルフレードに会わせてもらえるわけもなく――それどころか執事と話をすることもできず、一日中、ただ玄関の扉の前で、じっとそこが開くのを待っていただけだった。

翌日はホテルで書いた手紙を玄関の前に置いて帰ったが、その次の日に行ってもまだドアは開かなかった。

「やっぱり、会ってもらえないのかな……」

閉じたままの玄関を見つめたまま、真琴ははーっと溜息をついた。

一昨日、ホテルに戻ってからじいちゃんに確認したところ、あれを手に入れたのはやはり以前聞いたとおりイギリスの蚤の市だと言っていた。

真琴もそうしたところで買い付けをするが、ああいうところは本当に玉石混淆《ぎょくせきこんこう》だ。そして場合によっては出所が怪しいものもなくはない。

意図的に盗品を売っている場合じゃなくとも、人の手を経るうちに…ということがあるのだ。

じいちゃんも、盗品と知っていたら買わなかっただろうが、そういうことは知らなかったに違いない。

だが、アルフレードが言っていたことが本当なら、彼が気分を害するのも当然だ。

なにしろ、持ち出されて行方がわからなかった家宝が日本のような遠くに行ってしまっていた上、いきなりやって来た日本人が、その片割れを見せてくれと言うのだから。

こうして毎日真琴が来ることも、きっと目障《めざわ》りだろう。

だがなんとかして、馬蹄の片割れを祖父に見せたいのだ。ときおり、独り静かにあれを磨いている姿を知っているから。

真琴は、思い出してまた一つ溜息をつく。しかしドアは開きそうにない。

翌日も同じだった。

何か変化があるんじゃないだろうか、誰かが出かけるときにドアが開くことがあるのではと期待したものの、どうやら屋敷の人たちはいくつもある他のドアから出入りしているようで、結局、また一日ここに突っ立ったままだった。

「今日も、そうなのかも……」

だがどうしても諦め切れず、真琴は黙ったまま大きな扉の前に佇む。

脚が痛いが、買い付けのために毎日歩き回ることもあるから、これぐらいは我慢できる。

しかし、そうしてどのくらい経っただろうか。

気付けば、空が暗くなっている。

「雨かな……」

呟いた途端《とたん》、冷たい風に身体がぶるっと震えた。

少し不安になったものの、このぐらいで帰れない、と居座ることを決める。

だがほどなく、雨が降ってきたかと思うと、みるみる気温が下がる。真琴は思わず自分を抱き締めた。

今日は帰った方がいいかもしれない……。

そんな考えも頭をよぎるが、もしドアを開けてくれたらと想像すると、この場を離れられない。

しかし寒さを堪《こら》えて待っていても、扉は閉じたままだ。

そうしているうち、雨も風もどんどん強くなる。髪も服もずぶぬれだ。

真琴は震える歯を抑えるようにぎゅっと奥歯を嚙み締めた。

耳が、手足の指が寒くて痛い。けれどせめてもう一度話をしたい。少しだけでも。

どうしても無理なんだろうか。

髪を伝い、滴る雨の滴が目に入る。それを拭っては目の前の扉を縋るように見つめたが、そこは相変わらず固く閉ざされたままだ。

そのまま一時間ほども経っただろうか。

待つこと以外に為す術のない自分のふがいなさに、真琴が唇を嚙んだそのとき。

目の前のドアが微《かす》かな音を立てて開いた。

途端に感じる暖かな空気と、屋敷の中から零《こぼ》れる甘い花の香り。

はっと見れば、そこにはあの執事が立っていた。手には大きな白いタオルだ。

驚く真琴に、そのタオルが差し出された。

「旦那さまからの御伝言です。風邪をひかれては迷惑なので、家に入るように、と。雨が止むまではいても構わないということです」

「あ――ありがとうございます。じゃあ、話を……？」

「……」

しかしそれに対しては首が振られる。

雨宿りはさせるから、それで満足して帰れということか。

真琴は首を振った。

「僕は、話がしたいんです。五分でも、三分でも、あの馬蹄について」

「瀬里沢さま……」

「ですから――」

「強情だな」

するとそこに、声が割り入ってきた。

執事の前に出るようにしてアルフレードが姿を見せる。

糊《のり》の利いたシャツにスラックス。ごく普通の格好なのに、息を呑むほど格好がいい。二度目に見ても、まったく慣れることのない美貌だ。

それでも、真琴は目を逸らさず見つめ返す。

するとアルフレードはややあって、ふーっと長い溜息をついた。

「そこまで言うなら、話だけは聞こう。時間を作ってやる。中に入れ」

「！　本当ですか!?」

「嘘はつかない。さっさと中に入れ。いつまで雨の中にいる気だ。ブルーノ、もっとタオルを」

執事に指示するアルフレードの声に、真琴はほっと息をついた。

やっと話ができる……。

そう思うと、今まで張りつめていた気持ちが一気にほぐれる。

その途端、がくりと膝から力が抜けた。

（あ）

止めようもなく、傾《かし》ぐ身体。霞《かす》む視界の中で、床がどんどん近付いてくる。

（倒れる……？）

自分のことなのにどこか他人事のようにぼんやりとそう考えていると、

「おい!?」

次の瞬間、逞《たくま》しく力強い何かにがっしりと身体を抱きかかえられた。

心地よい体温と、鼻先を掠める爽やかな香り。そして間近に見える、緑の瞳。

それは焦《あせ》りを宿しているように感じられたけれど、それでもやはり美しい。

（綺麗《きれい》だな……）

真琴は胸の中でうっとりと呟く。

覚えているのはそこまでだった。

◆

「ん……」

気がつくと、そこはベッドの上だった。天蓋付きの、見慣れない大きなベッド。

「ええっ!?」

びっくりして身を起こした途端、頭がぐらっとして思わず顔を顰《しか》める。

再び倒れそうになったところをなんとか堪えて確認すると、見覚えのない部屋に自分がいることに気付く。

「どこ……ここ……」

しかも、服も変わっている。今身につけているのは、肌触りのいいパジャマだ。

いったいどうなっているのだろう？

真琴は、頭を押さえながら考えた。

雨が降ってきて、でもしばらくして話を聞くと言われて、嬉しくてほっとしたところまでは覚えている。だが、そこからは記憶が曖昧《あいまい》だ。

ひょっとして、具合を悪くして気を失ってしまったのだろうか。

アルフレードに、迷惑をかけてしまったのだろうか……？

「……」

想像して、真琴は顔を顰めた。

これから頼み事をする相手に、さらに迷惑をかけてしまったとしたら、恥ずかしさと申し訳なさでどんな顔をすればいいかわからない。

今までこんなことはなかったのに、雨で寒くなっていたことに加えて、外国で緊張し続けていたせいもあるのだろう。

（もっとしっかりしないと……）

反省しつつ、同時に、真琴はアルフレードの厚意に深く感謝していた。

家に入れてくれただけでも嬉しいのに、ここまでしてくれるとは。

改めて部屋を見れば、屋敷の外観から想像していたよりもずっと華やかだ。

クリーム色に淡い緑で模様が描かれている綺麗な壁紙は落ち着く雰囲気だが、部屋に置かれている年代物の調度のあちこちには金色が光っている。毎日磨かれているに違いない、深い茶色の木目と金具や意匠の金のコントラストは、触れたいけれど触れるのを躊躇《ためら》うほどの上品さと豪華さに満ちている。

花が零れるような形をした大きなシャンデリアも金色。壁に掛けられている大きな絵は圧倒的な迫力で、この家の財力を自然と示しているかのようだ。

甘い香りを放つ色とりどりの花々を飾っている大きな花瓶は、白地に目の覚めるような青が美しい。

天蓋付きのベッドは大人二人が余裕で寝られそうな広さで、ふかふかだ。ベッドの周りを囲むカーテンには一面の刺繡《ししゅう》が施されている。ベッドサイドのランプも本物だけが持つ輝きに溢れ、広い部屋のどこを見ても絵のように綺麗だ。この一部屋を見るだけで、この家がどれほど裕福かが伝わってくる。

それに――。

「これも、馬だ……」

真琴は、ベッドのカーテンに施されている刺繡の模様に目を懲《こ》らすと、驚き混じりに呟いた。

今までは、ただ綺麗な刺繡だと思っていたが、よくよく見ればこれは馬の鞍《くら》の模様ではないだろうか。しかも部屋に二つある大きな絵画の一つは競馬のシーンを描いたもの、そしてもう一つは牧場風景。

マントルピースの上には、馬の親子と思《おぼ》しき彫刻のような置物があるし、ベッドから少し離れたところにあるソファセットのテーブルの上にある置物も、よくよく見れば、馬の姿のように見える。

「凄い……」

さすが、馬に関わる家だけのことはある。

この屋敷に通うようになって、デンツァ家のことについてさらに調べたが、調べれば調べるほど、この家が馬と深く関わっていることがわかった。

競馬はイギリスが本場で、イタリアはあまりレベルが高くないようだが、この牧場で産まれる馬は別で、ヨーロッパやアメリカに遠征しては大きなレースを勝つ馬が何頭もいたようだ。

そのため、一部ではマジョーレの魔術師と呼ばれているらしい。

それだけでなく、乗馬用の馬の調教も上手く、競走馬としては芽の出なかった馬も、ここで馬術用の馬として再調教されたことで、新たな活躍の場を得ているようだ。

「そう言えば、アルフレードさんも馬に乗るみたいな格好だったし」

初めて会った時、彼は乗馬をするような格好をしていた。

クラシカルなそのスタイルは彼の冷たく感じるほどの端整な貌にとても似合っていて、溜息が出るほどだった。

馬の一族――なのだ。

だとすれば、そこで大切にされていたものがなくなってしまったとなれば、相当に心を痛めたことは想像に難《かた》くない。

(その上、僕は……)

祖父のためとはいえ、自分の行動を振り返り、真琴が眉を寄せたとき。

「起きたか」

ドアが開き、アルフレードが入ってきた。

続いて入ってきたのは、メイドのような格好の女性たちだ。彼女たちは真琴が持っていた鞄をソファに置くと、続いて、テーブルにポットやティーカップを置いていく。カップにポットの中のものを注ごうとしたが、

「いい、下がれ」

それより先にアルフレードが声を上げ、下がらせる。

彼女たちが出て行き、二人きりになると、アルフレードは自らポットを手に取った。

「わたしの好みで紅茶だが、それで構わないか」

「は——はい」

そしてミルク多めの紅茶を入れてくれると、ソーサーごとカップを差し出してくる。

真琴は慌ててベッドから出ようとしたが「構わない」と止められた。

「幸い熱はないようだが、身体が冷えた上に疲労が濃いようだと医者が言っていた、構わないからそのままでいろ」

アルフレードはベッドに入ったままの真琴にカップを渡すと、自分は少し離れたところに置かれたソファに腰を下ろす。

脚を組むと、そのままゆっくりとお茶を飲みはじめた。

優雅にお茶を飲んでいるその様子は、昔の映画に出てくる貴族そのものだ。とにかく絵になって、真琴は思わず見とれてしまう。

「どうした」

するとアルフレードが怪訝《けげん》そうに尋ねてくる。真琴は「なんでもないです」と首を振ると、慌ててカップに口を付けた。

一口飲んだお茶は、ほどよく甘く温かい。

「……美味しい……」

しみじみと味わって真琴が心からそう言うと、アルフレードは満足そうに微笑む。

初めて見た彼の笑みは、整いすぎるほど整っているせいでどこか怖くも感じさせられていた彼の貌に、僅《わず》かながら柔らかく優しい彩《いろど》りを加える。

（あんな顔もするんだ……）

微かな驚きを感じつつ、真琴はもう一口紅茶を飲むと、カップを置き、迷いながらも「あの……」と、話を切り出した。

「その…ありがとうございました。おかげで、助かりました」

無理をしすぎて体調が悪くなっていたことに気付かなかったのは、自分のミスだ。

なのに家に入れて、着替えさせてくれてお医者さんを呼んでくれた上、温かな飲み物まで与えてくれるなんて。

真琴は深く頭を下げる。

だが帰ってきた言葉は、意外なものだった。

「きみはいくつだ」

「え？」

「年だ」

「に、二十六です」

どういう理由でそんなことを訊かれているのかわからず、目を瞬かせつつ、真琴は答える。

するとアルフレードは「わたしよりも二つ下なだけか」と、憮然《ぶぜん》とした顔で言った。

「見た目よりもいい年だ。だったら自分の体調の管理ぐらいしっかりとやれ。家の前で倒れられて、もし何かあれば我が家の名前に傷が付く」

「は、はい」

「だいたい、『会わない』と言ったのに何日も続けてやって来るとはどういう了見だ。こちらの都合はお構いなしか」

厳しい言葉に、胸を抉《えぐ》られる。

真琴は持っていたカップをベッドサイドのチェストに置くと、着替えさせてもらったパジャマ姿のままベッドの上に正座した。

「しつこくして、申し訳ありませんでした。どうしてもあの馬蹄を見たくて」

「我が家のものは返さないが、もう一つを見せろ――か。図々しいどころの騒ぎではないな」

「それは……」

厳しい言葉に、真琴は唇を噛んだ。

「無理を言っていることはわかっています。馬蹄も、知らなかったこととはいえ盗品なら、本当ならあなたのところに返した方がいいんだって…思ってます」

「……」

「でも、僕はじいちゃんがあの馬蹄をどれだけ大切にしているか知ってるから…ばあちゃんとの思い出のあの馬蹄を凄く大切にしてるのを知ってるから……『返します』とは言えません。すみません。アルフレードさんの言っていることの方が正しいんだってことはわかっています。アルフレードさんの家にとっての宝物だってことも。でも、僕はじいちゃんからあの馬蹄を奪うことはできません」

真琴は震える手をぎゅっと握り締めた。

脳裏に、祖父の小さな背が浮かぶ。年を取ったせいで筋張った手が浮かぶ。その背を丸め、その手で、祖父が愛しそうに馬蹄を磨いている姿が。

アルフレードが長い息をついた。

「わたしが返せと言わないのも、きみがわざわざ日本からおじいさまのために来たと言っていたからだ。それだけで、馬蹄が大切にされていることが伝わってきたからだ。だがそれでもういいだろう。あまり望みすぎるものじゃない」

諭《さと》すようにアルフレードは言うと、話は終わった、というようにカップを置き、立ち上がる。

慌ててベッドから降りると、真琴は彼の前で深く頭を下げた。

「仰《おっしゃ》ることはもっともです。でも…どうしても諦め切れないんです。ずっと、ずっともう一つの馬蹄を探してて……。お願いです！　せめて一目見せてもらえませんか。じいちゃんに『あったよ』って伝えたいんです」

縋るように言い顔を上げると、アルフレードはじっと見つめてくる。

冴え冴えとした冬の森のような緑の瞳は綺麗すぎて、何を考えているのかわからない。

だが、真琴は目を逸らさず、アルフレードと見つめ合う。

そうして、どのくらい経っただろう。

しばらく見つめ合った後、

「そこまで言うなら、考えてもいい」

アルフレードが、静かに言った。

「やり方はともかく、きみの『おじいさまのために』という気持ちに嘘はないようだ。それに、きみのおじいさまはとても気に入ってくれているようだし、大切にしてくれるなら、きみの熱意に免じて、もう一つの馬蹄を譲《ゆず》ることも考えよう」

「本当ですか!?」

嬉しさと驚きに、真琴は声を上げる。しかしアルフレードが次に放った言葉は、喜ぶ真琴の胸に針を刺すものだった。

「但《ただ》し、条件がある」

「条件……」

真琴が繰り返すと、アルフレードは頷く。

おもむろに窓辺に足を向ける彼を追いかけると、アルフレードは眼下に広がる広い牧場を眺めながら言った。

「馬のものは馬に運命を委《ゆだ》ねる、というわけだ。今、うちの牧場に一頭、ちょっと鞍《くら》付けにてこずっている馬がいる。クレシェンテという牝馬《ひんば》だが、あの子に鞍を付けられれば、きみの頼みを聞こう」

「ぼ——僕、馬に鞍を付けたことなんてありません！　っていうか、馬に触ったことさえ——」

「期限は一ヶ月。それまでに鞍を付けられれば馬蹄を譲ってもいい。その間はこの屋敷に住むことを許そう」

「……」

一ヶ月。それが長いのか短いのかもわからないのに、返事などできない。

しかしアルフレードは狼狽《ろうばい》する真琴に構わず、冷たい口調で続ける。

「嫌なら嫌で構わない。だがその場合はこのままお引き取り願おう。馬のものを得ようというのに馬の世話をする覚悟もないなら、さっさと立ち去るがいい」

聞き惚れるような美声。しかしその口調と端整な貌に浮かんだ表情は突き放すような冷たいものだ。

真琴はそんな彼を見つめ返すと、「帰りません」と言い返した。

不安はある。けれどせっかくの機会なのに、やりもしないうちから逃げ出したくない。

これは、真琴自身どこか憧《あこが》れを感じていたあの馬蹄を得るチャンス。そして祖父の喜ぶ顔を見る最後のチャンスなのだ。

「帰りません。それが条件なら、やります」

きっぱりと真琴は言うと、アルフレードを見据えて続けた。

「ただし、やり方はあなたが教えて下さい」

「なんだと?」

微かに目を眇《すが》めるアルフレードに、真琴は言葉を継ぐ。

「僕は、馬に触ったこともありません。だったら、最初に馬のことや鞍の付け方を教えてくれる人は大事だと思います。間違ったことを教えられていたら、いつまで経ってもできないでしょうから」

「……」

「僕は、真剣にやります。本気でやります。やって無理だったら…今度こそ本当に諦めます。だからあなたがちゃんと僕にやり方を教えて下さい。あなたは馬のことに詳しいんですよね……?」

懸命に訴え、そして最後に確認するように問うと、アルフレードは微かに表情を硬くする。

しまった、と真琴は口を噤《つぐ》んだ。

これだけ馬に携わっている家の当主なのに、馬に詳しくないわけがない。

怒らせただろうか、と一瞬ひやりとしたが、アルフレードは「わかった」と頷いた。

「確かに、きみの言うことにも一理ある。わたしの出した条件がフェアなものである証明のためにも、わたしがやり方を教えよう」

「あ――ありがとうございます！」

ほっとしてお礼を言うと、アルフレードはやれやれというように苦笑する。

真琴は不安を感じながらも、このチャンスをなんとかものにしようと胸に誓った。

◆　◆　◆

アルフレードの説明では、やはりこの辺りの土地は全てデンツァ家のものらしい。

彼自身は先祖代々受け継いできた財産を管理し、投資をしたりいくつもの会社の役員として報酬を得ているようだが、家業としてはこの土地で馬を作り、育て、広い牧場を守っていくことが主なもののようだ。

そのため、この辺りの牧場は全てデンツァ家の土地だし、何棟もある厩舎《きゅうしゃ》で働いているスタッフたちも相当数いるようだ。

屋敷を中心に、ぐるりと囲むようにある放牧用の幾つもの区画と厩舎には、種馬、繁殖用の牝馬、そして今年産まれた子馬の他、預託《よたく》先の調教師のところから怪我や休養で帰ってきている現役の競走馬、そしてまだ競走馬になる前の馬、乗馬用の馬と乗馬用の馬にするために調教中の馬が数十頭ずついるらしい。

といっても、やたらとたくさんの馬を所有しているわけではなく、レース用の競走馬も馬術用の馬も、選《え》りすぐられた血統のものだけを生産し、育てているという。

アルフレードが出した条件を呑んだ翌日から、真琴はそんな厩舎の一つ、乗馬用の馬にするために調教中の二十頭ほどの牝馬が集まっている厩舎で、馬たちの世話をしていた。

二十頭のうち、元競走馬だった馬は十頭。半分は元々乗馬用の種類の馬で、どの馬も、この牧場で産まれた子たちだ。

そして真琴が面倒をみるように言われているのは、アルフレードが出した条件——一ヶ月以内に鞍付けをしなければならない馬である鹿毛の牝馬、クレシェンテと、他にもう二頭。もうほとんど真っ白になっている芦毛《あしげ》のペーラと、鼻筋にすっと綺麗な白い模様がある黒い馬体のドルミーレだ。

こっちの馬たちは、クレシェンテに比べれば大人しく、つまり初心者でも扱いやすい馬たちのようで、この子たちで慣れるようにということらしい。

一日の主な流れとしては、まず朝に調教を行い、それから食事を与えて放牧。夕方前には馬をまた厩舎に戻して食事を与える——といったものだ。

真琴は調教はできないから、馬が寝る馬房を綺麗にしたり、調教から戻ってきた馬たちの身体を洗ってやり、食事を準備したりというのが仕事だ。

早朝の爽やかな空気の中、馬たちが調教を終えて次々と厩舎に戻ってくる風景はどこか幻想的だが、真琴にはそれをゆっくりと眺める余裕はない。

「お疲れさまです」

戻ってきたドルミーレを見つけ、真琴が近付くと、乗っていた調教スタッフが馬を止めた。

「ありがとう。じゃあ、この子頼むよ」

「はい」

調教スタッフは真琴に馬を預けて馬上から降りると、次の馬の調教に向かう。

それを見送りながら、真琴はドルミーレの口元に引き綱を付け、クールダウンのためにゆっくりと歩かせはじめた。

「よしよし…お疲れさま。少し歩いて落ち着いてから、身体を洗おうね～」

真琴は教えられたとおり、ドルミーレの呼吸が落ち着くまで厩舎の周りを歩かせる。

だが、今日はまだ調教の興奮が残っているのか、普段は大人しいはずのドルミーレがなかなか言うことを聞いてくれない。

それどころか、急に脚を止めたかと思うとしきりに大きく頭を振る。引き綱を持っていた真琴は慌てた声を上げて後ずさった。

「……っとと っ…もう少し大人しくしててよ〜……」

なんとか宥《なだ》めようとしたが、どうしてか馬はさらに大きく身体を揺する。

「っと…わ、わ、わわっ――」

弾みで手にしていた引き綱を落としそうになり、真琴は慌ててそれを摑まえた。

「あぶ…危なかった……」

危うく馬を逃がしてしまう――放馬《ほうば》してしまうところだった。

冷や汗をかきつつ、再び馬を引いて歩かせようとしたとき、

「何をやってるんだ」

少し離れたところから声が飛んできた。

厩舎の全てが見渡せる場所に立ち、この厩舎にいる馬たちの出入りを見守っていたアルフレードの声だ。今の一部始終を見ていたのだろう。

「すみません……」

真琴が小さくなりながら言うと、アルフレードが近付いてくる。彼は馬の首を軽く叩いて愛撫

すると、馬を見つめる優しい瞳から一変、きつい眼差しで真琴を見下ろした。

「常に馬のことを気遣っていないからだ。しっかりと注意を払っていれば、彼女が虫を気にしてさっきから何度も尻尾を振っていたことに気付いたはずだろう。ただ引っ張っていればいいというものじゃない」

「はい」

「それに、引き綱の持ち方も悪い。固く持ちすぎるなと言ったが、緩く持てとは言わなかったはずだ。ある程度馬の自由にさせた方がいいが、万が一のときにきちんと馬を誘導できなければ引き綱の意味がないだろう」

「はい」

「歩くときも、ちゃんと彼女と足並みを揃えろ。犬の散歩じゃないんだ」

「はい……」

馬のことは「彼」「彼女」と呼び、優しく扱うアルフレードだが、真琴には厳しい口調だ。

言われっぱなしは悔しいが、彼が言うことはもっともな上、教えてもらったことができずにミスをした後だから何も言えない。

真琴は深呼吸すると、気を取り直すように馬を撫で、教えられていたように馬の顔の横に立つと、引き綱を持ち直し、足並みを揃えて一緒に歩きはじめた。

『神経質な子に言うことを聞かせようと思ったら、まずは信頼させなければだめだ。強引に言うことを聞かせようとするだけでは、絶対に上手くいかない。力でなんとかなる相手じゃないんだからな』

ドルミーレとリズムを合わせて歩きながら、真琴は、アルフレードが最初にしてくれた説明を思い出す。

（いろいろ、気にしてくれてるんだよな……）

厩舎で仕事をするにあたり、アルフレードは真琴が頼んだとおりに全て丁寧に説明してくれた。それだけでなく、他のスタッフにもきちんと紹介してくれて、おかげでこの場所にもいやすくなった。

それにはとても感謝している。彼は真琴が頼んだ以上のことをしてくれたと言っていいだろう。だが。

（スパルタだよなあ）

他のスタッフと何やら話をしているアルフレードをチラリを横目で見つめ、真琴は胸の中でひとりごちる。

「ちゃんと教えてほしい」という真琴の希望に、彼は確かに応えてくれた。しかし丁寧に教えてくれたのは最初の一回だけ。あとは、「やり方はきちんと教えてやった。難しいことはないんだから覚えろ」と言わんばかりの態度で、おかげで、真琴はメモしたことを復習しながら、なんとかやっているというのが現状だ。

しかも真琴は馬についてまったくの素人《しろうと》だから、三日経った今でも一つ一つの作業に四苦八苦している。

このままでは、馬に鞍を付けられるようになるまでどのくらいかかるのか見当もつかない。

鞍は、競馬のときでも乗馬のときでも、人が馬に乗る上でなくてはならないものだが、ただ乗せればいいというものではなく、ずれないように腹帯《はらおび》を使ってきつく締めるから、その苦しさを嫌がる馬もいるようだ。

それが上手くいっても、背中に異物が触れることに抵抗がある馬もいるようで、宥めながら鞍を付けようとしても嫌がって暴れ、最悪の場合は事故に結びついてしまうこともあるという。

『だから、わたしの牧場では、鞍付けは段階を踏んで慎重に進めるようにしている。クレシェンテもそうだ。腹帯はなんとか付けられるようになったが、背中にものが触れることについて神経質で……最近やっとタオルを置けるようになった』

真琴は、アルフレードがクレシェンテについて話してくれたことを思い出す。

神経質な馬、クレシェンテ。そのせいで、彼女は他の馬たちが調教しているこの朝の時間も、一頭だけ馬房に残ったままだ。

人見知りも激しいのか、真琴が餌を用意してもしばらくは食べずにじっと見つめている。

さっきは虫を気にして暴れたものの、人懐こいこのドルミーレとは大違いだった。

(そんなクレシェンテに鞍付けなんて……できるのかなあ)

不安を抱きつつも、真琴は目の前の仕事をしなくては、と、クールダウンを終えたドルミーレを洗い場に繋ぐ。

「ええと……えっと……あれ……」

だが、昨日はちゃんとできたはずの馬の固定が上手くいかない。

馬を繋ぐときには、綱が絶対に外れないような結び方をしなければならない。

それはきつく言われ、真琴も覚えたつもりなのに、さっき馬を落ち着かせられなかった動揺がまだ続いているのか、どうしてか今は思い出せない。

「っと……」

真琴は、傍らのドルミーレに気を配り、彼女の首を撫でてやりつつ、必死で結び方を思い出そうと試みる。誰かに訊けばすぐに教えてくれるだろうが、こんな基礎的なことをまだ覚えていないとアルフレードに知られたくない。

「……っと…確かこうして…こう……うん――」

何度か試しつつなんとか思い出してドルミーレを繋ぐと、真琴はほっと息をついて彼女の身体にブラシをかけはじめた。

気持ちがいいのか、甘えるようにドルミーレは顔を寄せてきたが、真琴はそんな彼女を軽く撫でてやるのが精一杯だ。慣れてくれているのは嬉しいが、予想外の動きをされると焦ってしまう。

もっと仲良くしたいと思ってはいるものの、いざ馬に近付き、馬に近寄られれば、その身体の大きさについ萎縮してしまう。それに、大きい身体が相手では何をするにも大変で、相手は動物だとわかっていても「頼むからじっとしていて。動かないで」と胸の中で呟いてしまう。

手本を見せてくれたとき、どの作業も手際よく、流れるような優雅さでこなしながらも、馬への愛撫を欠かさなかったアルフレードとは大違いだ。

真琴は、過日のアルフレードの様子を思い出す。

彼の手順は理にかない、そして同時に美しかった。

今のように馬を繋ぐときも、さっきのように馬を引くときも、頭絡《とうらく》を付けるときも馬の脚の調子を確かめるときも、馬を扱い慣れているのが素人目にも一目でわかったし、馬たちも心から彼を信頼していて、触れられることを悦んでいるように見えた。

あれを見てしまうと、自分もあんな風になってみたい……と憧れる気持ちも芽生えてこないこともないが、現実は甘くない。

馬蹄のためにやらなければと思いつつも、弱気が頭をもたげる。

ブラッシングを続けながらちらりとアルフレードを見ると、

「よそ見をするな」

鋭く言われ、真琴は慌てて馬に目を戻した。

そして身体を洗ってやり、綺麗に水を拭き、スタッフにチェックしてもらい馬の身体や脚に異常がないことを確認すると、調教中に綺麗にしておいた馬房に戻す。

慣れれば一頭につき十分ほどで終わる作業らしいが、真琴は一頭に三十分かけてもまだ終わらない。

そのせいか、次に調教から戻ってくるはずのペーラの姿を探しても、見つけられない。

きょろきょろしていると、

「ペーラを探しているのか？　彼女ならもうイレーネが洗い場に繋いでる。きみの作業を待っていたら彼女が風邪をひくからな」

アルフレードが声を挟んできた。

慌てて洗い場の方を見れば、確かにペーラはそこに繋がれている。

調教を終え、クールダウンを終えた馬は早く汗を流してやらないと身体が冷えてしまう。それを心配して、スタッフの一人のイレーネさんが手助けしてくれたのだろう。

馬の側《そば》にいる彼女にお礼を言わなければと早足で洗い場へ向かおうとしたとき、

「一頭に時間をかけすぎだ。もう少し段取りよくやらないと、他のスタッフの足を引っ張るだけじゃなく、最後の馬が腹を空かして暴れるぞ」

その背中に、アルフレードからの厳しい声が飛ぶ。

真琴は悔しさと自分のふがいなさに唇を噛んだが、「はい！」と大きな声で返事をした。

◆

そんな風にどうなることかと思っていた厩舎作業だが、四日目が終わり五日目になるとなんとなくコツが摑めてきた。

最初は、まだ仕事の手順を覚えていなかったこともあり、それらをこなすことで精一杯だったが、身体が手順を覚えはじめてからは、次に何をすればいいのかを考えて作業にあたれるようになった。

道具の置き場所一つ取っても、「こうしておけば次の作業が楽になる」という場所に気付いてからは、動きがスムーズになった気がするし、実際、作業にかかる時間が短かくなった。そして早くなればそれだけ馬を見る余裕も生まれ、馬を見られれば小さな変化にも気付くことが多くなり、世話をしやすくなったばかりでなく、馬への愛情も深まるようになっていった。

「よーし…よしよし……はいはい、わかったからちょっと待てって」

いつものように身体を洗ってやった後。

早く身体を拭いてと言わんばかりに身体を揺らすドルミーレに苦笑しつつ、準備していたタオルでまずは顔の辺りの水を拭ってやると、気のせいか彼女はほっとしたような表情を見せる。

(可愛いな)

鬣《たてがみ》から零れる滴《しずく》も拭いてやりながら、真琴は、素直にそう思った。

最初は、怖くてよく見られなかった馬の表情も、今では可愛いと思える。

人懐こいペーラがときどきじゃれるようにして噛み付いてくるのには困っているが、それも、彼女が気を許してくれるようになったからだと思うと嬉しい。

肝心のクレシェンテは神経質でまだまだ扱いに苦慮することが多いが、今は真琴が引いても素直に歩いてくれるから、最初に比べれば随分ましになったと言えるだろう。初日は、アルフレードが引いたときはすんなり動くのに、真琴が引き綱を持った途端脚を止めてまったく動かなくなってしまい、大変だった。

毎日毎日、朝早くから頑張ってきた甲斐があったと思っていると、少し離れたところからアルフレードがこちらを見つめているのに気付く。

(……何か、変なことしてたっけ？)

また注意されるのだろうか、と不安が胸にわき起こる。

だが近付いてきたアルフレードは、真琴の予想に反した柔らかな声で言った。

「結構根性があるんだな」

「!?」

「きみは小柄だし非力なようだし、すぐに音《ね》を上げて逃げ出してしまうだろうと思っていたが」

言葉はこちらをからかうようなものだが、その表情はそれほどでもない。

そしてアルフレードは傍らのドルミーレを撫でると、真琴の仕事に満足した様子で深く頷いた。

「悪くない。この子は目やにが溜まりやすいんだが、綺麗にしてくれているな」

率直な褒め言葉をかけられ、真琴は驚いた。

今までは見ているだけで、何も言ってくれなかったのに。

すると、アルフレードはポケットからハンカチのようなものを出して渡してくれた。

「今使っているタオルでもいいんだが、この子については、次から目元だけこれを使ってみるといい。獣医の勧《すす》めで取り寄せたものだ。拭きやすいし肌にも優しいらしい」

「は、はい」

「それから、クレシェンテだが」

「は――はい」

「少しは仲良くなったか。初日に比べればだいぶ言うことを聞くようになった様子だが」

「それは…その………」

真琴は口籠《くちご》もった。

最初に比べれば、確かにましになったと思う。けれど、到底「言うことを聞くようになった」とは言えないし、鞍を付けるなんてまだまだだろう。

答えられずにいると、アルフレードはしばらく真琴を見つめ、おもむろに口を開いた。

「もしきみにその気があるならだが……あの子は少し飾ってやると喜ぶ」

「飾る?」

「ついてきたまえ」

短く言うと、アルフレードは厩舎の中の一室に歩いていく。ついていくと、そこは何種類もの馬具が置かれていた。

まだ馬に馬具をつけたことがない真琴にとっては、入ったことのなかった場所だ。いろいろな道具に興味を引かれてついきょろきょろしていると、

「何をよそ見している。これだ」

声とともに、アルフレードが色とりどりのリボンのようなものを見せてくれた。

「これは？」

真琴が尋ねると、

「馬の鬣を飾るものだ」

アルフレードは簡潔に答える。

次いでそのうちの一つを手にクレシェンテのもとへ向かうと、アルフレードは彼女を馬房から引き出し、広いところへ繋ぐ。

ごく普通にそれを行うアルフレードに、真琴は感嘆の息を零した。

気難しく人見知りするクレシェンテは、気に入らないことがあると馬房の入り口にお尻を向けて顔も見せてくれない。

そうなってしまえば、彼女はてこでも動かず、真琴はすっかりお手上げなのだが、それほど神経質な馬のことも、アルフレードは難なく扱っているように見える。

（そういうところが「魔術師」って言われる由縁なのかな）

思わず胸の中で呟いていると、アルフレードは持ってきたリボンを慣れた手つきで馬の鬣に飾りはじめた。

女性が三つ編みをするときのような手つきだ。

アルフレードが手を動かすたび、クレシェンテの黒茶色の鬣に、薄青のシルクのリボンが編み込まれていく。洗い立てのつやつやとした鬣に、色が映《は》える。

「綺麗ですね」

思わず言うと、アルフレードは微笑んで頷いた。

「不思議な話だが、この子は、背中に触れられることは嫌がるくせに、これは大好きなんだ。普段の手入れでは必要ではないが、もし競技会に出るようになったときには、こうした飾りは見栄えがするから、今のうちからいろいろと飾ってやるようにしている。何より、普段もしてやると機嫌がよくなるからな」

「そうなんですか？　だったらしてあげたいです！」

見た目が綺麗になる上に喜んでくれるなんて！

これは、クレシェンテと仲良くなるチャンスかもしれない。だが、自分で大丈夫だろうか。

真琴が不安を口にすると、アルフレードは「とにかく一度やってみるといい」と、場所を代わってくれた。

「きみは器用そうだから大丈夫だろう。もし彼女が嫌がるようならすぐに手を止めればいいだけのことだ。女性の髪を編んだことは？」

「あ、ありません、そんな」

「そうか。ならやり方から教えよう。いいか、ここを持って、こっちから鬣をこのぐらい手に取って、こう交差させる。そのままこっちに持っているものを交差させれば、後はその繰り返しだ」

「え？　ちょっ、ちょっと待って下さい。こっちが……」

「違う。この手は動かさずにこっちの手で少し鬣を取るんだ。そしてそのまま交差させて——」

「え、ええと……こっちはこのままで、こっちを——」

「こう、だ」

次の瞬間、背後に回ったアルフレードに、後ろから抱かれるように両手を持たれ、息が止まる。手も止まってしまったからだろう。

「何をやってる。しっかり持て」

厳しく言われ、真琴は慌ててリボンを持ち直した。

真琴も決して背が低い方ではないが、アルフレードと密着するとその差がよくわかる。

それに、彼はただ背が高いだけでなく逞しく均整の取れた体格をしている。そして形のいい、大きな手。

思わぬ接近に戸惑っているせいか、真琴は自分の心臓が変に速く打ちはじめているのを感じる。

仄《ほの》かに感じる香りのせいもあるのかもしれない。馬のことを気にして、普段は香水の類は何もつけていないはずの彼だが、今はなんとなく温もりを感じさせる香りが漂ってくる気がする。

どこか官能的にも思えるその香りに浸りかけ、真琴は慌てて頭を振った。

アルフレードが真面目に教えてくれているのに気を散らすわけにはいかない。

真琴は気を取り直すと、アルフレードに指導されながら手を動かす。するとほどなく、鬣に綺麗にリボンが編み込まれていく。

「こんな感じですか？」

「ああ。覚えがいいな。それに丁寧だ」

「ありがとうございます」

教えてもらえただけでなく褒められ、真琴は思わず笑顔を零す。

そして教えられたようにリボンの端を結んで留めると、心なしかクレシェンテは嬉しそうだ。

そっと首を撫でてやると、気持ちよさそうに目を細め、真琴の胸元に顔を擦りつけてくる。

いつもペーラが見せる、甘えたような素振りだ。

だがクレシェンテのそれは初めてで、真琴は「うわ……」と感激の声を上げずにはいられなかった。

いつも機嫌を損ねないようにと気を遣いつつ接していた彼女から、こうして信頼の証《あかし》のような

ものをもらえると嬉しくて堪らない。

なんだか、また少し馬のことを好きになった気がする。

うきうきとした気分のまま、真琴はクレシェンテの首を撫でる。

――温かい。

いつもよりももっと温かく感じるほどだ。つやつやとした肌も心地よく、いつまでも触っていたくなる。

そうしながら、真琴は「そう言えば」とアルフレードに尋ねた。

「そう言えば、アルフレードさんは、乗馬とかをやっていたんですか?」

なんの気なく口にした質問だ。

馬に慣れているし、競技会の本番では鬣を飾って見栄えをよくすると教えてくれたし、何より、乗っているところはまだ見たことがないものの、厩舎にいるときはいつも乗馬できそうな格好をしているから。

だがその途端、それまでは穏やかな表情で真琴たちを見守ってくれていたアルフレードが、はっきりとわかるほど顔を曇らせた。

その表情は、一見怒っているようにも見えるものだ。だがよく見ると、怒っているというよりも苦しんでいるような、悲しんでいるようなそれだ。

目にしただけで、こちらの胸がぎゅっと引き絞られるような表情だ。

「す、すみません。なんでもないです」

その変化に狼狽《うろた》えながら、真琴は前言を撤回した。

見てはいけないものを見てしまった気がして、顔を逸らす。

だが目の奥には今のアルフレードの表情が焼き付いている。

直後、はっと気付く。

今の表情は、以前にも見たことがあるものだ。

この条件を出されたとき。真琴が、「あなたは馬のことに詳しいんですよね?」と尋ねたときだ。あのときは、確認したこと自体が失礼なことだったのかと思ったが、今の様子では、そうではないように感じられる。

馬と——彼と。

その間に何かあるのだろうか。

考えていると、アルフレードは何も言わず立ち去ってしまう。

その背中は、いつもに比べてどことなく寂しく感じられる。

いったい何があったのか。

気になったものの、あんな顔を見せられればそれ以上立ち入ったことを訊くことも憚《はばか》られ、真琴は遠ざかっていく背を見つめることしかできなかった。

◆◆◆

そんな風にして、思いがけずアルフレードの屋敷に住みはじめて一週間。

馬の世話にもそろそろ慣れてくると、真琴の中に新しい欲が芽生えてきた。

他でもない、馬のことをもっと知りたいという欲だ。今までは触れたこともなければ近くで見たこともなかったせいで馴染みの薄かった馬たちだが、世話をして触れ合うようになれば、思っていた以上に可愛らしい生き物だということがわかった。

そのせいで、もっともっと馬のことが知りたいという欲求がわき起こっているのだ。

知れば、彼らともっと仲良くできるかもしれない。もっと快適に過ごせるようにできるかもしれない。アルフレードに教えられ、リボンを編み込んだクレシェンテのように、気分よくしてあげられるかもしれない。

——そんな想いもあって。

だが、しょせんは素人。厩舎のスタッフに訊きたくても、何から訊けばいいのかわからないし、インターネットを使って馬のことを調べても、何が正解かわからない。

（となると、やっぱり本で最低限の知識を得るのが一番なのかな）

ダイニングで一人昼食を食べながら、真琴は考える。

今日の昼食は、焼きたてのパンケーキにローストビーフサラダ、たっぷりのフルーツ、ヨーグルトに自家製のベリーソースがけ、そして紅茶とフレッシュジュースだ。

アルフレードのお客扱いだからか、真琴は一般のスタッフたちのように従業員用の食堂や宿舎ではなく、屋敷に泊まり、食事はダイニングでとるようにと言われていた。

そしてその量と言えば、朝も昼も夜も、毎回食べ切れないほどだ。

だが食べるのはいつも一人。アルフレードは別のところで食べているのか仕事があるのか、一度も姿を見せない。

それはまるで「必要なとき以外は会いたくない」と言われているようで少し傷つきもするが、自分の立場もわかっているから、今までは真琴の方から会おうともしなかった。

しかし、本を探すならアルフレードに訊くのが一番だろう。

真琴は食事を終えると、執事のブルーノを探し、アルフレードに会いたい旨を告げる。

すると彼は、真琴の申し出を不思議に思っているかのように軽く首を傾げてみせた。

「アルフレードさまに、ですか」

「はい。あの、ちょっと頼み事というか……ええと、馬のことで」

「……」

「馬蹄のこととは別のことです。あのことじゃなくて、ちょっと質問というか……」

誤解されたくなくて真琴が慌てて言葉を添えると、ブルーノは少し考えるような顔を見せて言った。

「左様《さよう》ですね……。今でしたら書斎にいらっしゃるかと。確認して参りましょう」

「い、いいえ。僕が行きます。書斎はどこですか？」

「二階の南側の一番奥の部屋ですが……」

「わかりました！」

頭を下げると、真琴は急ぎ足でアルフレードの書斎へ向かう。

深呼吸の後ノックすると、すぐに「なんだ」と声が返った。

緊張しつつ「僕です」と真琴は返したが、返事がない。

迷ったもののそっとドアを開けると、大きな机の向こうに怪訝そうに眉を寄せたアルフレードがいた。

仕事中だったのだろうか？　眼鏡をかけている彼は、今までとまた雰囲気が違い、知的さに溢れている。

「あの、急に、すみません」

「なんの用だ」

部屋に入りたいけれど入っていいのかわからないままそろそろと切り出すと、アルフレードは硬い声で尋ねてくる。

遠いな…と思っていると、視線で近くに来るようにと促される。そろそろと机の前に立つと、真琴は思い切って口を開いた。

「その、お願いがあって来たんです。何か馬のことをもっとよく知ることができる本を貸していただけないかな、って」

「どういうことだ？」

怪訝そうな顔をするアルフレードに、真琴は説明する。

「世話をするにしても、僕は馬のことを知らなすぎるので。もう少しだけでも知ることができたら、って思って…本とかないかなと思ったんです。ここのスタッフの人に馬について色々と訊こうかとも思ったんですけど、仕事の邪魔をしてしまうと迷惑だろうし、第一何から訊けばいいのかもわからなくて」

「そこまでする必要があるのか？」

驚いたように、アルフレードは言う。真琴はこくりと頷いた。

「できる限りのことをしたいんです。それに、馬たちになるべく嫌な思いをさせたくないですし」

すると、アルフレードはじっと真琴を見つめてくる。

やがて、かけていた眼鏡を外すと、「ついてこい」と立ち上がった。

そのまま部屋を出ると、しばらく歩き、一つの部屋のドアを開けた。

「うわ……」

途端、独特の紙の香りが広がる。半地下のように薄暗く、しかし広い部屋には、ずらりと本棚が並んでいた。

「ここにあるものはほとんどが馬の本だ。好きなものを読めばいい。日本語のものもいくらかあるはずだ。確か……ああ——これだ」

言いながら、アルフレードが本棚から一冊の本を取り出す。それは、翻訳されて日本語で書かれた馬の飼い方の本だった。

「原書は確かこっちの……これだ。どちらでも好きなものを」

「は、はい！　ありがとうございます！　あの、ここは何時まで使えますか？」

「何時でもいい。ブルーノにも伝えておくから、好きなときに来て好きなだけ読めばいいし、部屋へ持ち帰って読んでも構わない」

「いいんですか!?」

まさかそこまでしてもらえるとは思っていなかった真琴は驚きの声を上げる。アルフレードは深く頷いた。

「きみに協力すると言っただろう。向こうの奥にはＤＶＤと視聴ブースもある。こっちも好きに使っていい。ただし、音には注意してくれ」

「はい！」

真琴が頷くと、アルフレードは「熱心だな」と、笑みを見せる。

その笑顔は、優しいと言ってなんの間違いもない柔らかなものだった。

今までの冷たい印象からは想像できなかったそんな貌にはっとさせられているうちに、彼は優雅に音もなく部屋を出て行く。

真琴はドアが閉まるのを見つめると、はーっと溜息をついた。

信じられない……。

感激に浮かされながら辺りを見回し、また大きく息をついた。

こんなに素晴らしい形で希望が叶えられるなんて。

ただでさえ、居候《いそうろう》の身だ。しかもアルフレードに無理を言った挙げ句のことだ。なのに、さらに頼みを聞き入れてもらえるなんて。

改めて部屋の中を歩いてみれば本棚にずらりと本が並んでいるだけでなく、壁や棚にもいろいろなものが飾ってある。

絵画、彫刻、ガラス細工……。優勝カップやトロフィーのようなものもあるし、古い馬蹄もある。この馬蹄を履いていた馬も、きっと大きなレースを勝ったのだろう。

屋敷のいたるところに馬に関係したものが置いてあるが、ここはそれらを纏めた部屋のようで、喩《たと》えるなら、ちょっとした博物館のようだ。

「凄いなあ」

やはりこの家は、馬と深く関わっているのだ。

だが、それにしては、アルフレードのあの顔が気にかかる。馬と彼との関わりを尋ねたときに見せる、辛そうな貌が。

「……」

真琴は過日《かじつ》のアルフレードの表情を思い出し、少し気にしたものの、今は自分にできることをしようと気持ちを切り換えて本を探す。

そのとき、ふとあることに気付いた。

馬ばかりで綺麗に飾られている部屋。しかし気のせいか、なんとなく何かが「抜けている」気がするのだ。

壁に飾られている絵画や写真も、棚に置かれているトロフィーやレイも。

よく見ると、どこかバランスが悪いような……あるはずの場所にあるはずのものがないような気がする。

それとも、こんな風に飾るのが普通のことなのだろうか。馬のことにもこうしたお金持ちのコレクションにも詳しくないからよくわからない。

真琴はなんとなく気になるものの、気にしても仕方がないと、再び本を探しはじめた。

◆

そうしてアルフレードの厚意に甘えて本を借り、段々と知識も増えたからだろうか。

それから一週間も経つと、真琴はそれまでと比べてより馬と親しくなれているのを実感しはじめていた。

元々気の良かった二頭だけでなく、肝心のクレシェンテも、真琴の姿を見て向こうを向いたりしなくなったし、用意した食事もすぐに食べてくれるようになった。

だが、背中に鞍を付けるにはまだまだだ。調べたところでは、馬によってはどうしても無理なこともあるらしい。プロが頑張ってもそうなのだから、素人の自分ではかなり難しいだろう。

だからアルフレードもそれを条件にしたのだ。

だが。

(やらなきゃ)

思いがけず旅行が長引いてしまったことで心配をかけてしまっているじいちゃんのためにも、なんとか馬蹄を持って帰りたい。

真琴は、夕食が終わった後も書庫へ籠もると、何冊かを借りて寝室へ戻る。

「いつでも」とアルフレードは言ってくれたが、やはり夜は書庫よりも部屋で読みたい。

すると、部屋へ戻る途中で、向こうから執事のブルーノがやって来るのが見えた。

向こうも気付いたのだろう。柔らかく頭を下げると、

「いかがですか、ご滞在は」

足を止めて尋ねてきた。

「快適でしょうか？　至らぬ点などはございませんでしょうか」

「は――はい。もちろんです。凄く快適です。快適すぎて、申し訳ないぐらいで……」

丁寧な応対に恐縮しつつ真琴が答えると、ブルーノはにっこりと微笑んだ。

「それはようございました。お食事の方はいかがですか。日本の料理は薄味のものが多いと聞きましたので、シェフに言ってあまり味の濃いものは出さないように致しておりますが」

「は、はい。料理も美味しいです。凄く……」

答えながら、真琴は初めて彼に会ったときのことを思い出していた。

あのときはすげなく追い返されそうだったのに、今は随分な違いだ。

そんな思いが顔に出たのだろう。

「どうかなさいましたか」

怪訝そうに尋ねられる。

真琴は「いえ」と首を振ったものの、ブルーノは納得していない様子だ。仕方なく、真琴は思っていたことを口にした。

「あの…僕なんかに随分気を遣って下さるんだなって思って……。いきなり来て迷惑をかけて……最初みたいに追い返されるのが普通なのに、って」

「アルフレードさまのお客さまですから」

すると、ブルーノはさらりと言い、にっこりと微笑んで続ける。

「それに、あのお方がこんなに誰かと親しくしているのを見るのは久しぶりなのです」

「そう…なんですか？」

「はい」

ブルーノは頷く。そして微かに顔を曇らせて続けた。

「以前にも少し申し上げましたが、こうした古く大きな家となるといろいろと揉めごともございまして……。アルフレードさまも本当に親しいごく僅かな方たちとしか交流なさっていないのです」

だとすれば、どうして自分にはこんなにしてくれるのだろう。

「じゃあ…僕のことはどうしてここに置いてくれているんでしょうか。しつこくしたからうんざりしてると思うんですけど……仕方ないと思って置いてくれているんでしょうか」

「いいえ。あの方はそんな方ではありませんよ」

ブルーノは苦笑して首を振った。

「こう申してはなんですが、もし仮に本当にうんざりしていたなら、一切の情けをかけずに追い返す方です。きっと、瀬里沢さまのことを気に入られたのでしょう」

「まさか！」

気に入られることなんか何もしていない。

だが、ブルーノは再び首を振ると、しみじみとした口調で続ける。

「いえいえ、おそらくそうでしょう。でなければ他人を家に招いたりはなさらないはずです。昔からそうだったのですが、あの馬のことがあってからは一層――」

しかし馬のことを言いかけた途端、ブルーノは「しまった」というように息を呑む。

その反応に、真琴が思わず「何があったんですか」と尋ねようとしたときだった。

「わたしのいないところでわたしの話をするのは楽しいか」

廊下に声が響く。

驚いて声のした方を向くと、氷のように冷たい表情のアルフレードが立っていた。

気まずさに、顔を見られない。

アルフレードの居ないところで彼のことを知ろうとしたなんて。

だが、気になって堪らなかったのだ。アルフレードが、あんな顔をした理由が。

けれど彼に訊けばまた顔を曇らせるだろうから――彼のあんな顔は見たくなかったから、直接は尋ねられなかった。

知りたいけれど、彼の辛そうな貌は見たくない……。

そんな自分の感情に真琴が戸惑いを感じていると、近付いてきたアルフレードはブルーノをきつく睨んだ。

「まさかお前に今更こんなことで注意をすることになるとはな」

「申し訳ございません」

低く鋭いアルフレードの声にブルーノは深く頭を下げるが、それを見つめる緑色の双眸は冷たいままだ。

「ブ、ブルーノさんのせいじゃないです！」

二人の様子を見ていられず、真琴は声を挟んだ。

「僕が、いろいろ訊いたからです。ブルーノさんはそれに答えてくれようとしただけで……」

「言っていいことと悪いことの区別がつかない執事など害になるだけだ」

「そんな言い方……！」

「下がれ。二度目はないぞ」

真琴の声を無視してブルーノに言うと、アルフレードは改めて真琴を睨んできた。

刺すような視線に、思わず後ずさってしまう。すると、アルフレードはふっと笑った。

「どうして逃げる。わたしに訊きたいことがあるのだろう」

その表情や声音は、真琴を揶揄《やゆ》しているようだが辛そうにも思える。

真琴が何も言えずにいると、

「わたしが乗馬をしているか尋ねていたな。聞きたいなら教えよう」

アルフレードは自嘲《じちょう》気味に続けた。

「確かにわたしは以前、競技で馬に乗っていた。だが今は乗っていない。乗る気もない。そういうことだ」

「どうしてですか？」

「そこまで話す気はない。わかったら、もう詮索するな」

そして突き放すように言うと、アルフレードはすぐに踵《きびす》を返して立ち去ってしまう。

仕方なく、真琴も本を抱えて部屋へ戻った。

そのままベッドに腰を下ろすと、手にしていた本を一冊、開いてみる。

だが内容はちっとも頭に入ってこない。考えるのはアルフレードのことばかりだった。

彼のことを一つ知ることができたけれど、また一つ疑問が増えてしまった。

それに、彼に言いたくないことを言わせてしまった。

真琴は本を閉じ、代わりに枕を抱き締めると、自己嫌悪を感じながら柔らかなそれに顔を埋めた。

さっきの彼の表情を思い出すと、胸が痛む。冷たい口調だったけれど、それを口にした彼は痛みを堪えるような貌だった。

「これ以上は、やっぱり踏み込まない方がいいんだろうな……」

まだ尋ねたいことはあるけれど、踏み込んじゃいけないこともある。

あんな顔をさせてしまうなら、この件についてはもう関わらない方がいいのだろう。

真琴はぎゅっと枕を抱くと、ふうっと長く息をつく。

やがて、

「よし！」

と、声を上げて枕を放した。

アルフレードのことは気になるけれど、それよりも、当初の目的を果たせるように馬の勉強に打ち込もう。

そもそも、この屋敷に滞在しているのはじいちゃんのためだ。じいちゃんのために、馬蹄を譲ってもらうためだ。

本を手にしてベッドから降りると、真琴は改めてソファに腰を下ろす。

そして本を開くと、今度こそ集中して読みはじめた。

だが、しばらく経つと、頭は再びアルフレードのことを考えはじめてしまう。

乗馬をしていたというアルフレード。

馬に乗る彼はいったいどんな風だったのだろう。

彼のことだ。きっと颯爽《さっそう》として、優雅で、見とれるほど格好よかったに違いない。

アルフレードが今まで教えてくれたいろいろなことを思い出すと、自然と温かな気持ちになる。

この本だって、快く貸してくれた。彼の厚意に応えるためにも頑張りたい。

けれど彼はもう馬に乗ることは止めてしまったという。

いったい何があったのだろう……。

「……じゃなくて、勉強しないと！」

気付けばアルフレードのことばかり考える自分に慌て、真琴は急いで本に目を戻す。しかし読んでいても、頭の中ではやはりアルフレードのことばかり考えてしまった。

◆

そんな風に、気がつけば何をしていてもアルフレードのことばかり考えてしまうせいだろうか。

翌日は、馬の世話をしていてもミスばかりだった。

ようやく慣れたところだったのに、まるで初めてのころに戻ったような失敗をしてしまい、真琴は落ち込まずにいられなかった。

同じ厩舎のスタッフは、「馬の世話をはじめたばかりにしては頑張ってる方だよ」と、優しい言葉をかけてくれるけれど、自分のせいで彼らに気を遣わせ心配をかけていると思うと申し訳なさでいっぱいだ。

しかもそれが、アルフレードのことを考えているせいだったり、知らず知らずのうちに彼の姿を目で追ってしまうからとなればなおさらだ。

「はあ……」

放牧に出ていたクレシェンテを厩舎に戻すために引き綱を付けながら、真琴は溜息をついた。

こんなにミスを重ねていては、いつまでも鞍を付けることなんて無理だ。この屋敷にいる意味がない。しっかりしなくては。

しかし、集中力を欠いていたせいだろう。

引き綱を手に、クレシェンテと並んで歩いていたとき。地面の窪みによろけ、隣の彼女にドンとぶつかってしまった。

「あ――」

しまった、と思ったときにはもう遅かった。

不意に横腹に衝撃を受けた格好になったクレシェンテは、カッとなったのか大きな嘶《いなな》き声を上げながら後ろ脚で何度も立ち上がる。

「うわっ！」

その荒々しさに慄《おのの》き、思わず引き綱を持つ手を緩めてしまった次の瞬間、

「あっ！」

一際大きな嘶き声とともにクレシェンテは真琴の手を離れ、別の厩舎の方へ駆け出してしまった。

「待って！」

真琴は慌てて後を追ったが、追いつくわけもない。クレシェンテの姿は、すぐにみるみる小さくなってしまった。

「セリザワさん!?」

「大丈夫!?　怪我は!?」

呆然《ぼうぜん》と佇むしかない真琴の側に、厩舎のスタッフが駆け寄ってくる。

彼らは真琴の身体を心配してくれたが、真琴はそれよりも馬のことが心配で堪らない。

「どう……しよう……」

全身から血の気が引いていく。

放馬してしまった。

自分のせいで、クレシェンテが逃げてしまった。

興奮して走る馬は、前に障害物があっても避けられずぶつかってしまう。下手をすれば、自分から柵にぶつかってしまうこともあるのだ。他の馬にぶつかることも考えられる。

だから絶対に馬を放すなと言われていたのに――。

「捕まえないと！」

放馬を知らせるサイレンが鳴る中、真琴は再び馬を追いかけようと走り出す。

しかしその瞬間、

「だめだ！」

周りのスタッフに止められた。

「追いかけたって、捕まらない。足の速さも身体の大きさも向こうの方が上なんだから、走り疲れて大人しくなるのを待つしかない」

「でも！」

「とにかくきみには無理だ。相手は興奮してるんだ。とてもじゃないけど近付けないし、近付けたところで御《ぎょ》せないだろう!?」

「でも……こうしてる間にクレシェンテに何かあったら！」

悪い想像ばかりが頭を巡り、真琴は泣きそうな声を上げてしまう。

そうしていると、一旦は見えないところまで駆けていったクレシェンテが、今度はこっちへ向けて走ってくるのが見えた。

「とま…止まって！　クレシェンテ！　止まって！」

真琴は声を上げると、スタッフの腕を振り切り、こちらへ向かって駆けてくる馬に近付く。だが、興奮している馬に脚を止める様子はない。それどころか、よりスピードを上げて真琴の方へ突っ込んでくる。

「逃げろ！」

辺りにいた人たちが、声を上げて逃げ出す。真琴も逃げなければと思ったが、恐怖に身体が竦み、動けない。

次の瞬間、

「危ない！」

大声がしたかと思うと、傍らからぶつかってきた何かに草の上に押し倒された。

「っ――」

驚きと痛みに顔を歪める真琴の目に、怒りを露《あらわ》にしたアルフレードが映る。

「何をやっているんだ！　走ってくる馬の前に立つなんてどうかしている！」

「でも！」

らしくなく声を荒らげる彼に、真琴も必死で言い返した。

「でも、僕のせいで逃げ出しちゃったんです！　もしあの子に何かあったら……」

「……」

「もしどこかにぶつかって怪我でもしたら、悔やんでも悔やみ切れません！　早く捕まえないと！」

「だからといって、きみが一人で止められるわけがないだろう」

「でも……っ」

自分のミスで、クレシェンテが危険な目に遭《あ》うかもしれない。

やっと少し慣れてくれたあの子が。

それを想像すると、怖さと申し訳なさに身体が震える。

どうしてもっとしっかり仕事をしなかったのか。馬は繊細だと、あんなに言われていたのに。

「っ……」

自分のふがいなさに、涙が込み上げてくる。

泣いてもどうにもならないとわかっていても、感情が昂って止められない。

するとそのとき、

「大丈夫だ」

励ましてくれるような温かな声がしたかと思うと、ぎゅっと抱き締められた。

その抱擁《ほうよう》は、温かく、とても安心できるものだ。

驚いていると、腕は解け、間近からアルフレードが見つめてくる。

「大丈夫だ」

再び言われ、真琴は縋るように見つめる。すると、彼は一つ頷き「待っていろ」と言い残して立ち上がった。

そして厩舎にいるスタッフたちに何事か指示しはじめる。

そうしていると、ほどなく、再びクレシェンテが戻ってきた。

もう疲れているかと思いきや、まだまだ暴れている。

動くたびに引き綱が脚に当たることを気にしているのか、むしろさっきより興奮しているようだ。

普段から神経質な馬が……と真琴が気を揉んでいると、

「立て。物陰に隠れていろ」

アルフレードの力強い声がする。真琴は躊躇いつつも頷くと、厩舎の陰に身を隠す。そっと顔を覗《のぞ》かせて様子を窺っていると、アルフレードがゆっくりとクレシェンテに近付いていくのが見える。

いつ暴れるかと危ぶんでいると、まさに次の瞬間、クレシェンテは嘶きながら大きく立ち上がった。

「うわっ」

離れているのに、思わず声を上げて竦んでしまう。だがアルフレードは一向に怯まず、相変わらずゆっくりと——馬を刺激しないように近付いていく。

よく見れば、今飛んだ砂利で怪我をしたのか、頬には血が滲《にじ》んでいる。

だが、相変わらず視線はひたとクレシェンテを捉《とら》え、足取りにも淀みがない。

クレシェンテはと言えば、やはり引き綱が気になるのか、しきりに頭を振ったり身体を震わせて、嫌そうな仕草だ。

(アルフレード……)

真琴は彼の名前を胸の中で呼びながら、ぎゅっと拳《こぶし》を握り締めた。

自分のせいで、もし彼が傷ついたら。

それを考えると、怖くて立っていられなくなりそうだ。

するとそのとき、一際大きな嘶きを上げたクレシェンテが、二度、三度と尻っぱねする。かと思えば、再び立ち上がり、まるで人のいないロデオだ。

よほど昂っているのだろう。しかもそうして大きく不規則に跳ねているから、ちょっとぶつかっただけで弾き飛ばされそうだ。

だがアルフレードは、そんなことなどまるで気にしないようにクレシェンテのすぐ側まで近付くと、

「クレシェンテ！」

一声。

厳しくも優しい声で名前を呼び、恐れもせずクレシェンテの肩の辺りに触れる。

その途端、クレシェンテはまるで魔法にかかったかのように、一瞬で大人しくなった。

「……」

夢でも見ているようだ。

真琴は、馬の首を撫でながら空いている手でしっかりと引き綱を摑むアルフレードのその姿に魅《み》せられたように見とれていた。

さっきまで手がつけられないほど暴れていた馬が、今はまるで借りてきた猫のように大人しくしている。

そしてアルフレードが歩き出すと、馬はそうすることが当然のようにアルフレードの隣を歩きはじめる。

その変わりように真琴が呆然としていると、

「真琴」

馬を引いて近付いてきたアルフレードが、真琴を呼んだ。

初めて名前を呼ばれたが、今はそれよりも馬とアルフレードのことが気になる。

そろそろと近付くと、アルフレードは「きみが連れて行くんだ」と引き綱を差し出してきた。

だが、真琴はすぐには受け取れない。

自分がこの綱を放してしまったせいで、こんな大騒ぎになってしまったのだ。幸いなんの被害もなかったが、一歩間違えれば他の馬にも迷惑をかけていた。

それに、この馬が無事かどうかはわからない。骨や筋を痛めていても、目には見えないから。

しかし、アルフレードは「きみが連れて行くんだ」と繰り返した。

「きみが世話している馬だ。責任を持って馬房まで連れて行くんだ」

「でも、け、怪我とかしていたら」

「大丈夫だ。わたしが見た限り、疲れてはいるが、怪我はしていない」

そしてアルフレードは落ち着いた声音で言うと、じっと真琴を見つめてくる。

ややあって、真琴は頷くと、そっと引き綱を取った。

この先は、生き物に繋がっている。大きく美しく、そしてとても繊細な生き物に。

それを強く感じ、ドキドキしながらも「行くよ」といつものように声をかけ、彼女の横に立って歩きはじめると、クレシェンテは大人しくついてくる。

真琴はほっと胸を撫で下ろすとともに、アルフレードが無事だったことに心から安堵《あんど》する。

気になってちらりと振り返ると、こちらを優しく見守ってくれている彼と目が合った。

◆

「うん。大丈夫ですね。特に痛めたようなところはありませんよ。走り回った割には元気だ。きっと走り方がいいんでしょう」

クレシェンテの脚と身体を丁寧に調べると、獣医の先生は微笑んで言う。

その言葉に、真琴は「よかった……」と胸を撫で下ろした。

厩舎に戻してからも、真琴はクレシェンテのことが心配で堪らなかった。

アルフレードは「大丈夫だ」と言ってくれたけれど、もしどこかを痛めていたら…と。

すると、近くに住んでいるという獣医さんが、アルフレードの要請ですぐにやって来てくれたのだ。

真琴たちよりも一回りぐらい上の年に見える獣医の先生は、まばらに生えている顎髭を撫でながら、クレシェンテの様子に目を細める。

「うん——うん。毛づやもいいし、いい子だ。ちょっと神経質なのはご愛敬《あいきょう》ですな。さすがデンツァ家で繋養《けいよう》されている馬だ。よく手入れされている。目の保養ですよ」

そしてにこにこ笑いながらアルフレードに目を向けたが、アルフレードはそれには答えない。

どうしてなのかと思っていると、アルフレードは傍らにいた真琴の背を押してきた。

「彼女の世話は、今は彼に任せている。褒めるなら彼を」

「い、いえ、僕は」

思いがけないことに真琴は慌てたが、先生は「そうですか」と頷いている。

となれば、主人であるアルフレードの言葉を否定することもできず、真琴は真っ赤になりながらぺこんと頭を下げた。

こんな風に脚や身体の検査をしなければならない理由を作ってしまったのは——馬が逃げ出してしまう原因を作ったのは自分だ。なのに褒められるなんて。

だが、アルフレードは皮肉で言ったわけではないようだ。

そっと見ると、彼は意外なほど温かな瞳で見つめ返してくる。

なんだかやけに恥ずかしくて、真琴は慌てて目を逸らした。

◆

その後、真琴は夕食を食べ一旦部屋へ戻ったものの、着替えると改めて厩舎に赴《おもむ》いた。

あんなことがあった夜だし、せめて馬の側についていたいと思ったのだ。もし何かあったときに対応できるように、と。

それに、今日の騒ぎの原因を作ってしまった自分がベッドでのうのうと寝てなんていられない、という気持ちもあった。

「ごめんな、今日は……」

真琴はクレシェンテの馬房の前まで行き、こちらを向いていた彼女に声をかけると、その場に腰を下ろす。

クレシェンテは、しばらく真琴の様子を窺《うかが》うようにじっと動かなかったが、ややあって、フイと顔を逸らすようにして向こうを向いてしまった。

たまたまなのかもしれないが、また嫌われてしまったようで胸が痛む。

真琴は「ごめんな」ともう一度呟くと、体育座りの格好で持っていた毛布をすっぽりと被り、今晩はここで過ごす用意をする。

するとそのとき、

「――やっぱりここに来ていたか」

不意に、声が響く。

驚いて顔を向ければ、厩舎の入口、夜の闇の中から、こちらへ向かって歩いてくるアルフレードの姿が見えた。

もう夜だからか、少し乱れた髪はどこか男っぽい艶《なま》めかしさを漂わせている。

いつものストイックな雰囲気の彼とは別人のようで、真琴が戸惑っていると、彼は真琴のすぐ前までやって来る。

そしてふうっと溜息をつくと、片膝をつき、真琴の顔を覗き込んできた。

「部屋へ戻れ。夜は冷える」

優しい言葉と声に、胸が疼《うず》く。だが真琴は首を振った。

「ここにいたいんです。この子の側に」

「心配はないと医者も言っていただろう」

「でも気になるんです！　せめて今夜だけはここにいたいんです。部屋でゆっくり眠ることなんかできません」

放馬したときの恐怖と申し訳なさを思い出しながら、真琴は声を上げる。

「僕は、この子の面倒をみなきゃいけなかったのに……」

思い返すたび、後悔が押し寄せてくる。

だがアルフレードはゆっくりと首を振った。

「きみはしっかりやっている。しっかりやっていても、ミスはある。いつまでも気に病むな」

「でも――」

「慣れない仕事だ。それでもきちんとやってくれている。きみの仕事ぶりは、ちゃんと見ている」

アルフレードの言葉は優しい。けれど優しいからこそ胸が痛くなり真琴は首を振った。今日の自分は、そんな風に言ってもらえるほどの仕事ができてなかった。彼のことばかり考えてしまっていたから。

いたたまれず、真琴は俯《うつむ》く。するとアルフレードは真琴の隣に座り、ゆっくりと言葉を継いだ。

「さっき、先生に言ったことは本当の気持ちだ。きみは毎日きちんと仕事をしてくれている。この子についても、今日は機嫌を損ねたようだが、体調は今までで一番いい」

その言葉に驚いて顔を上げると、アルフレードは優しく微笑んだ。

「馬の体調は毛づやですぐにわかる。人間の肌と同じだな。この子は神経質なせいで食が細くて、毛づやもよくなかった。なのに今は、本当に綺麗になった……」

そしてクレシェンテを見上げると、さらに続ける。

「他の二頭も、いつも元気だ。厩舎も綺麗だし、初めての作業ばかりだっただろうによく覚えてくれたと思っている。何より、いまだに逃げ出さないのはたいしたものだ」

そう言うとアルフレードは小さく笑うが、その様子からは、真琴を励ましてくれようとしているのが伝わってくる。

彼は、ずっと自分の仕事を見てくれていた……。

真琴は胸が熱くなるのを感じながら、膝を抱える腕に力を込めた。

◆　◆　◆

「よーし……よし……」

昨日のことがあり、翌日は少しドキドキしながらクレシェンテの世話をはじめた真琴だったが、機嫌を直してくれたのか、触っても彼女は大人しい。今までどおりに世話させてくれるようだ。

ほっとしつつ馬房から出し、放牧場へ連れて行こうとしていると、アルフレードが近付いてくる。

クレシェンテを見て「よし」というように目を細める様子に真琴がほっとしていると、すぐに立ち去るだろうと思っていたアルフレードはしばらくそこに留まっている。

どうしたのだろうかと思っていると、彼は少し考えるような顔を見せながら言った。

「そろそろ、馬に乗ってみるか？」

「え？」

想像もしていなかった言葉に、真琴は驚く。だがアルフレードは本気のようだ。

「馬にも慣れてきただろう。乗る側になればまた違うこともわかる。乗ると言っても乗馬の経験がないきみを一人で馬に乗せるわけじゃない。わたしが引く馬に乗ってみろと言っているだけだ」

「で、でもあなたに引いてもらうなんて」

恐縮しながら首を振ったが、アルフレードは「わたしが乗ってみろと言っているんだ」と気にしていない様子だ。

となれば、せっかくの機会だ。

「わかりました。お願いします」

真琴は心を決めて大きく頷くと、まずは仕事を終わらせよう、と、クレシェンテを放牧場に放す。

そうしていると、アルフレードが一頭の馬を引いてきた。

芦毛《あしげ》のその馬は、綺麗なグレーの馬体に鼻先だけが淡いピンクで愛嬌のある顔をしている。

「リリカという馬だ」

アルフレードが、馬を紹介してくれた。

「大人しすぎて競技には向いていないが、初心者にはぴったりの子だ。うちのスタッフでまだ騎乗技術に自信のない者は、彼女で練習している」

「そうなんですか」

真琴は近付くと、リリカの鼻を優しくさすった。

「よろしく、リリカ」

挨拶《あいさつ》すると、リリカも挨拶を返すかのように首を振る。

思わず頬を綻ばせると、そんな真琴の耳に「乗り方から教えよう」と、教師然としたアルフレードの声がした。

気持ちが、ぴりっと引き締まる。

「よろしくお願いします」

真琴が頭を下げると、アルフレードは頷き、丁寧に馬の乗り方を教えてくれる。

「ポイントは、下手に躊躇《ためら》ったりしないことだ。不安定だからつい力を入れることを躊躇いがちだが、躊躇った方が馬への負担が大きい。鞍を摑んだら、一気に身体を引き上げろ。馬は五百キロあるんだ。揺れることはあっても倒れはしないし、この子なら暴れない」

そして最後にそう纏めるアルフレードに、真琴は「はい！」と頷くと、早速、教えられたとおりに馬の左側に立つ。

手綱を左手に持ち、その手でそのまま鬣《たてがみ》を摑むと、左脚を上げ、鐙《あぶみ》に爪先を引っかける。

「わっ」

不安定な姿勢になったからか、途端に身体がぐらついたがアルフレードが支えてくれた。

「しっかり立て。鬣も、もっとしっかり摑んでいい。抜けるんじゃないか、痛いんじゃないかと気にしているんだろうが、彼女は大丈夫だ」

「は、はい」

背後からの指導は的確だが、いつになく距離が近いせいで緊張してしまう。

目の前の馬と同じぐらい後ろのアルフレードのことが気になってしまって、今しがた習ったことを忘れそうだ。

（ええと……この後はもう乗っていいんだっけ……？）

真琴はアルフレードがしてくれた説明を必死で思い返すと、鬣をしっかり摑み直し、右手を馬の背へ伸ばし、鞍を摑む。

次いで息を整え、「えいっ」と声を上げ弾みを付けて右足で地面を蹴ったが、蹴る力が弱かったのか、身体を引き上げる腕の力が弱かったのか、馬に跨ることができなかった。

「うわっ」

それどころか、着地のときにさっきよりも大きくよろけてしまい、再びアルフレードに支えられる。

「す、すみません」

「大丈夫だ。気にせずにもう一度やれ。一人では無理なようなら補助する」

「はい……」

しかし、そう言われてもう一度試しても、やはりまた落ちてしまう。

ただ馬に乗るだけなのに、こんなにもアルフレードの手を煩《わずら》わせてしまっていることに顔を赤くしながら、もう一度、真琴はリリカに跨《またが》ろうと試みる。

（思い切り地面を蹴って、腕の力で身体を引き上げて……脚は馬に当たらないように気をつけて……）

頭の中で何度も手順を確認すると、さっきより一層しっかりと鬣と鞍を摑む。

「えいっ！」

そして声とともに地面を蹴った次の瞬間、絶妙のタイミングで背後から身体を抱え上げられ、真琴はようやく馬に跨ることができた。

「あ――ありがとうございます！」

馬の背の温もりと高さ。それらを感じながら、真琴はアルフレードにお礼を言う。

すると彼は緩く首を振り、「礼はいい」と短く言った。

「それよりも、右足も早く鐙にかけろ。言ったように、深くかけすぎるなよ。それから背筋を伸ばして…一度背伸びをしてみろ。手綱は放していいから」

「せ、背伸びですか？」

馬に跨ったままでは、少し怖い。

だが、アルフレードは「するまで見ている」と言わんばかりにじっと見つめてくる。

その目に耐えられず、真琴はそっと手綱を放し、思い切って背伸びをした。

不安定で怖いが……心地いい。

そのまま手綱を持ち直すと、なんだか自然に背筋が伸びている気がする。

ほっと笑みを浮かべると、

「行くぞ」

アルフレードは、真琴を気遣ってくれるかのように、静かに馬を歩かせはじめた。動くと揺れるため、やはりいくらかは怖い。それでも、そんな揺れや温もりが直《じか》に伝わってくると、確かに馬がより身近に感じられる。

それに、視線が高くなる分見晴らしがいい。

馬上から見回すと、屋敷を取り囲むように広がっている牧場の綺麗さと広さが本当によくわかる。土地の起伏を活かした放牧地は、毛足の長い極上の絨毯を思わせる青草色のグラデーションに染まり、なだらかにうねりながらどこまでも続いている。そこに放された馬たちは、走ることを心から楽しむように自由に駆け回っている。

そんな美しい景色を見ていると、胸の中にも爽やかな風が感じられるようだ。

「気持ちいいですね」

牧場内に張り巡らされている道を馬に揺られていきながら、真琴は、思わずそう口にしていた。

アルフレードが「そうだろう」と笑顔で頷く。

「今まで見えなかったものが見えて…風が気持ちがよくて……いつまでも乗っていたくなるほどだろう?」

「はい。それに、馬って温かいんですね。世話しているときよりももっと温かく感じます」

「そうか」

「思っていたより揺れるのにも驚きましたけど」

「そうだな。最初は端で見ているより揺れると感じるかもしれないな。だがすぐに慣れる。逆らわずに馬に任せるんだ」

アルフレードも、いつになく饒舌《じょうぜつ》だ。

そして真琴は彼に尋ねられるまま、東京での仕事のことについて話した。

子供のころから祖父母の店が大好きだったこと。跡を継ごうと頑張っていること。初めて自分一人で買い付けに行ったこと。掘り出し物を買ったと思いきや、相場よりも高く買ってしまった失敗。馴染みのお客のこと。初めてのお客のこと。店にときどきやって来る猫のこと……。

いろいろ話をしたが、一番話したのは真琴の好きなオルゴールのことだった。

「オルゴール全体の形の美しさも好きなんですけど、そこに描かれている絵の緻密《ちみつ》さとか、何をモチーフにしているのかにも興味を惹かれるんです。もちろん、どんな曲が奏でられるのかにも。いろいろな要素が混じり合って、一つのオルゴールになっているところにとても惹かれるんです」

「なるほど」

「今回の買い付けではまだいいものが見つけられていないんですけど、蚤の市やマーケットに行ったときには必ず探すようにしてます。もう壊れて音が鳴らないものも多いですし、修理が大変なものもあるんですけど、やっぱり好きなので」

今までに買ったオルゴールのことを思い出しながら話していると、いつの間にか、心も身体もリラックスしていく。

それに、アルフレードが引き綱を持ってくれていると思うと、最初に感じていた馬の上の怖さも次第に薄れ、彼がいてくれるのだから、という心強さに変わっていく。

「あの、本当にありがとうございます」

アルフレードにお礼を言った。

「こういう機会を作って頂けて、本当に嬉しいです。まさか自分が馬に乗ることになるなんて、想像もしてませんでしたから。今度、お礼に僕も何かしますね。何か僕にできることってないですか」

「あるかもしれないが、別に礼など必要ない」

「でもお世話になりっぱなしですから、気になります」

「きみはわたしが出した条件に応えようとしているだけだろう。世話になっているなどと気にすることはない」

「でも……」

それでも、ただ条件に応えるためだけのこと以上の経験をさせてもらっていると思う。

「でも、何かしたいんです。何か希望はありませんか？　僕、なんでも一通りできますよ。掃除でも洗濯でも――」

「必要ない」

「じゃあお仕事のお手伝い、とか」

「なおさら必要ない」

「そんな……」

にべもないアルフレードの言葉に、真琴はがっくりと肩を落とす。冷たい口調ではないのがせめてもの救いだが、それでもなんのお礼の機会も与えてもらえないのはむずむずする。

(何か……)

自分にできることはないだろうか?

牧場内をゆったりと巡り、そろそろ厩舎へ戻ろうとする道すがら、真琴は改めて考えると、ややあって、そろりと切り出した。

「じゃあ…日本の料理はお好きですか？　よかったら、僕、作ります」

「きみが?」

「はい。昔からじいちゃんとばあちゃんの手伝いをしてたから、なんとなく作れるようになったんです。ここのシェフの方みたいに本格的なものは作れませんけど」

「家庭料理というわけか」

言いながら、アルフレードは馬を止めると、真琴に降り方を教えてくれる。

しかし、ずっと同じ姿勢でいたせいで、身体が強張っていたのだろうか。

言われたとおりに降りようとした次の瞬間、真琴は大きくバランスを崩してしまった。

「わっ」

「危ない！」

落ちかけた真琴を、アルフレードが抱き留めてくれる。だが勢いがついていたせいで、そのまま、彼を下敷きにして落ちてしまった。

「す、すみません！　大丈夫ですか!?」

真琴は慌てて声を上げる。だが下敷きになったままのアルフレードは、顔を顰めつつも怒っている風ではなく、むしろどこか楽しそうだ。

微笑んでいるようにも見える表情を浮かべると、心配する真琴の顔を見て、笑う。

「まったく…きみは目が離せないな」

そして呟くように言うと、口の端を上げた。

「日本の家庭料理はまだ食べたことがない。作ってくれるなら、楽しみだ。作ってくれるか」

「は——はい」

真琴が頷くと、アルフレードは幸せそうに笑う。

間近で見るその表情に、真琴はドキリと胸が鳴るのを感じた。

端整な貌は変わらないが、今は冷たさはなりを潜《ひそ》め、男らしいセクシーさだけが際立っている。

それに、気付けば、まだ彼の身体の上だ。彼の腕は真琴の腰にあって、身体と身体がくっついている。

真琴よりもがっしりとした、逞しい身体――。

「あ――す、すみませんでした！」

それを意識した途端、声が上擦《うわず》ってしまう。慌てて、真琴はアルフレードの身体の上から飛び退いた。

同じ男なのだし、意識する方が変なのだろう。だがそうわかっていても、相手が彼だと思うとやけに恥ずかしい。

それは、部屋に戻ってからも同じだった。

夕方の厩舎作業の時間まで勉強しようと思って本を開いても、考えてしまうのは彼のことばかりだ。

素っ気ないようでいて、実は優しいアルフレード。

あれから話題にはしていないが、彼が乗馬を止めたことについては今も気になっている。

いったい、アルフレードに何があったのだろう？

彼は自分とは住む世界が違う人で、自分がここにいるのはあと半月ほど。そうわかっていても、気になって堪らない。

「困ったな……」

こんなにアルフレードのことを考えてばかりでは、またミスしてしまいかねない。

もう失敗するわけにはいかないのだ。

真琴は溜息をつくと、アルフレードのことを考えないようにする方法を考えはじめた。

◆

翌日、朝食の途中で、真琴は思い切ってアルフレードに声をかけた。

「あの、一つお願いがあるんです」

今日はなぜか、彼も一緒にダイニングで朝食を食べている。

突然のことに戸惑ったし緊張したが、「いい機会だ」と考え直して真琴が思い切って切り出すと、先に食べ終え紅茶を飲んでいたアルフレードは「なんだ」と、尋ね返してくる。

真琴は、迷いを振り切るように続けた。

「その…自分が置かれている立場はわかっているんですが、明日か明後日くらいに、一日お休みを頂けませんか？」

「どういうことだ」

「で、ですから、その…お休みを」

「……」

「馬の世話をしなければならないことはわかっているんです。ただ、僕がイタリアに来たのは店で売るアンティーク品の買い付けのためでもあって……。ここに来るまでにいくつかは買っていたんですが、まだ足りないので」

「……」

「予定よりも長い滞在になっているのに、今の買い付けの量では、さすがに……と思って……。だから、街に買い付けに行きたいんです」

最後の方は、どうしても声が小さくなってしまう。

買い付けをしたいのは本当だが、街に出たい理由はもう一つある。それは、少しアルフレードから離れるためだ。

一日だけでも彼の側から離れて独りになれれば、気持ちも落ち着くんじゃないかと思って。

(ごめん…じいちゃん)

本来の仕事であるはずの買い付けをダシにしていることの罪悪感に、胸が痛む。

だが、こうでもしなければ、絶対にまた何か失敗をして、馬たちにもアルフレードにも迷惑をかけてしまうと思ったのだ。

真琴は、縋るようにアルフレードを見る。もしだめだと言われたら、どうすればいいだろう……?

しかし真琴の心配をよそに、アルフレードは少し考える顔を見せたものの、「わかった」と頷いた。

「確かに、お前の仕事の都合もあるだろうな。わかった、では明後日に休みをとるといい。他のスタッフにもその旨伝えておこう」

「ありがとうございます！」

よかった、と真琴はほっとしながら頭を下げる。しかし直後、

「それから、明後日はわたしも行こう」

思いがけない声が聞こえ、真琴は目を丸くする。

戸惑う真琴に、アルフレードは続けた。

「きみの仕事ぶりが見てみたい。それに、買い付けなら現地の人間であるわたしが一緒に行った方がいいだろう」

「え……あ……」

「何か不都合が？」

「い――いいえ」

真琴は慌てて首を振る。

しかし心の中は、激しく動揺していた。

（どうしよう……）

まさか彼がそんなことを言うとは思わなかった。

これでは、アルフレードから離れるという目的が果たせないばかりか、今までよりも一層彼と一緒にいることになってしまう。

だからといって、ここに来て「嫌だ」とは言えないし、上手い言い訳も見つからない。

すると、

「外出時の予定は決まっているのか？」

落ち着いた様子で一口紅茶を飲んだアルフレードが尋ねてくる。

「い、いいえ。まだ特には」

真琴は動揺をなんとか堪えながら答えた。

買い付けは口実だから、どうするかの予定などまだ立てていない。

馴染みの店に顔を出して、近くのマーケットを回ろうかと思っていたぐらいだ。

すると、アルフレードは「そうか」と頷く。

「なら、わたしの方で少し予定を立ててもいいだろうか」

「は――はい」

知っている店でもあるのだろうか。

真琴は治まらない動揺に困りつつも、頷くしかなかった。

◆

「あの…どこへ行くんですか？」

迎えた二日後。

リムジンのシートの上で居心地悪く身じろぎしながら、真琴は不安を隠せない声で尋ねた。

「居心地悪く」といっても、実際のところ座り心地は最高だ。だがこんな車に乗り慣れていないから、どうしても何度も座り直してしまう。

それに、どこへ向かっているのかも気になって堪らない。

だが、斜め向かいのシートに座っているアルフレードはと言えば、真琴の質問にはっきりと答えてはくれない。

「乗っていればわかる」とだけ言うと、長い脚を優雅に組んだまま窓の外へ目を向けてしまう。

仕方なく、真琴も窓の外へ視線を移した。

外出日である今日。

朝食を食べて出かけようとした真琴を待っていたのは、デンツァ家が所有するこの大きなリムジンだった。

脚が悠々と伸ばせる広さに、甘い香りのする柔らかな革のシート。

まるで滑っているように走る車内は静かで、真琴は、自分の心臓の音がアルフレードに聞こえるのではないかと心配で仕方がなかった。

やはり、アルフレードの同行は断るべきだったのではないだろうか……。

真琴は窓の外を見つめながら、僅かな後悔を感じる。

（でも……）

頼み事をした立場では断れない。断るための理由も思いつかなかったのだから仕方がない。

けれど、彼が近くにいると思うと、どうしても意識してしまう。

今だって、車内に彼の香りが感じられる。屋敷の周囲にある深い森そのもののような香り。それは心の中にまで染み入り、そこをじわじわと熱くさせている気がする。

気のせいだとわかっていても胸が疼いた気がして、真琴は思わずそこを押さえる。

とにかく、今日が無事に終わることを、祈るしかない。


そうして、一時間ほど経っただろうか。車は大きな鉄の門扉《もんぴ》を過ぎ、一軒の大きな屋敷の奥へと入っていく。

アルフレードの住む屋敷ほどではないが、ここも広そうな家だ。

郊外のお屋敷といったところだろうか。

車寄せに着くと、運転手がドアを開けてくれる。

アルフレードに続いて真琴も降りると、振り返ったアルフレードが説明してくれた。

「ここは知人の屋敷だ。趣味人で、昔からいろいろと面白いものを集めている」

「面白い、もの？」

「ああ」

いったいどんな…と思っていると、玄関のドアが開く。姿を見せたのは、優しい面差しのおじいさんだった。

彼はアルフレードと握手を交わすと、いかにも嬉しそうに頬を綻ばせる。

「久しぶりだなあ、アルフレード。もっと顔を見せてくれ。まったくお前は……まだ若いのにどうして屋敷に引き籠もってばかりなんじゃ」

「だから今日はこうしてやって来たじゃないですか。そうだ、紹介します、彼がわたしの屋敷に滞在している日本からの客です。名前は瀬里沢真琴」

「日本！」

すると、おじいさんは驚いたように目を丸くする。

そしてにっこりと笑って手を差し出してきた。

「それはそれはわざわざ遠いところからようこそ。わたしはマウロ。マウロ＝ポーラと言う。よろしく。日本には一度行ったことがあるよ。綺麗なところだ」

握手しながらそう言うと、直後、笑顔を少し悪戯《いたずら》っぽいものに変えた。

「きみに感謝だな。アルフレードはたまには顔を見せろと言っているのに滅多に屋敷から出ん。今日来てくれたのはきみのおかげというわけだ」

「い、いえそんな」

「先生、そんなことより、例のものは見せてもらえますか」

「ああ、もちろん。いやいや、嬉しいな。きみときたら今までは自慢もさせてくれなかったのに」

にこにこ顔で言うと、マウロは「どうぞ」というように屋敷へ招き入れてくれる。

アルフレードに続き、真琴は恐る恐る屋敷に入った。

歩きながら聞いた話によれば、マウロは昔大学の先生をしていて、作家でもあり、アルフレードの家庭教師をしたことがあるらしい。

いったい、何を見せてくれるのだろうか。

考えながら歩いていると、やがて、一つの部屋に辿り着く。

マウロの笑顔に促されて部屋へ入った途端、真琴は瞠目《どうもく》した。

「うわ……」

思わず声が零れる。そこには、数多くのオルゴールが並べられていたのだ。

「どうぞ、近くでゆっくり見て下さい」

マウロの声を聞きながら、真琴は引き寄せられるようにオルゴールに近付いた。

シリンダー式のものが多いようだが、ディスク式のものも幾つかある。真琴の背丈ほどもある大きなものから、掌にすっぽり収まりそうな小さなものまで、ざっと見て百個近くあるだろう。

木製のものも陶器製のものもどれも保存状態が良く、愛されていると一目でわかる輝きを放っている。

高いものもそうじゃないものも、自然と周りと調和して、ごく普通にそこに置かれているところがいい。

（凄い……）

ついつい興奮してしまうのを堪えられないまま、一つ一つを夢中になって見ていると、

「お好きなんですな」

マウロが声をかけてきた。

「はい！」

頷くと、マウロは一層微笑む。その笑みは、どことなく祖父を思い出させるものだ。

「儂《わし》もこれを好きな方に見てもらえるのは嬉しい限りですよ。アルフレードから『お客を一人連れて行きたい』と急に電話があったときには驚いたが、こんな頼み事なら大歓迎だ」

その言葉に、真琴はアルフレードを振り返る。

そうだ。

オルゴールに夢中になっていたせいで失念していたけれど、アルフレードがここへ連れてきてくれたのだ。

自分が好きだと話したオルゴール。それが、こんなに集められているところへ。

あのときは訊かれるままに答えただけだったのに――真琴自身は今の今まで忘れていたのに、

彼は覚えてくれていたのだ。そして、わざわざマウロに頼んで、ここを見せてくれた。連れてきてくれた……。

感激に身体が熱くなるのを感じながらアルフレードを見つめていると、

「何を見ている。きみが見るべきものはこのコレクションたちだろう。先生、よければ彼に解説を」

アルフレードは顔を逸らしながら言い、最後はマウロに頼むようにして言う。

その言葉に、マウロは「そうだな」と笑顔で真琴の方に近付いてきたが、真琴はアルフレードの横顔から目が離せなかった。

◆

マウロのところでたっぷりオルゴールのコレクションを堪能《たんのう》した後、ミラノに着いたのは、屋敷を出てから五時間ほど経ったころだった。

二人は車を降りると、遅い昼食を食べ、市内を巡る。

観光客で混み合う中、真琴《まこと》は一軒目の店に立ち寄ると、銀製品をいくつか買ってそこを後にした。

オルゴールを見たせいで気持ちが昂《たかぶ》っているのか、今は時間のある限りいろいろな店を見てみたい気分になっている。

真琴は、二軒目の店に目星を付けながら、傍らのアルフレードに向けて言った。

「ここから少し歩いたところにあるお店に行ってみたいんですが……いいですか？」

「もちろんだ。もともと今日の外出はきみの買い付けのためのものなのだし、わたしのことは気にするな。よければアドバイスするが、余計なことは言わないから、きみが好きなものを買うといい」

「はい。でも、かなり歩くことになるかもしれませんけど……」

「構わない。こういうところを歩くのは新鮮だ。それよりも、その荷物を持とう」

「い、いえこれは僕が買ったものですから」

「きみは身軽な方がいいだろう。ほら——こっちへ」

「あ、ありがとうございます……」

今しがた買った銀製品の入った袋をアルフレードに取られ、真琴は恐縮しつつお礼を言う。

その後も、アルフレードはとにかく紳士的だった。

さりげなく車道側を歩いてくれたり、歩きにくいところでは手を貸してくれたり、増えていく荷物をそのたび持ってくれたり……。

最初は、「男同士なのに」と戸惑ったものの、洗練された彼の立ち居振る舞いを見ていると、同じ男として彼のスマートさに憧《あこが》れにも似た気持ちを抱かずにいられない。と同時に、不覚にもドキリとしてしまう。

しかも、彼は周囲から随分注目を浴びているようだ。

どこにいても感じる女性たちからの視線に、真琴は今さらながらにアルフレードの格好の良さを再確認せずにはいられなかった。

アルフレードと共に車を降りてからというもの、何をしていても「見られている」とはっきりわかる。

それも、地元の人からも観光客らしき人からもだ。しかも人種も性別も様々なようだから、つまりはそれだけアルフレードが誰もの目を引くということなのだろう。

(まあ……それはそうだろうな)

真琴は、傍らを歩くアルフレードをちらりと見ると、胸の中で呟いた。

気取らない外出だからかいつもに比べて無造作な髪は、普段より男らしい色香を漂わせている。そして理知的な額に、描いたように形のいい眉。宝石のような緑の瞳に、精悍《せいかん》さと品のよさを併せ持った口元と鼻筋の通った鼻梁。一度見たら絶対に忘れられない端整で貴族的な貌は、どんな人も惹き付ける魅力に溢れている。

シャツにスラックスといったシンプルな格好も、彼の抜群のスタイルを際立たせていて、見とれずにはいられない。

注目されて当然だろう。

真琴もいつしかじっと見つめていると、

「どうかしたか」

アルフレードが振り返る。

「い、いえ。なんでもないです」

真琴は慌てて首を振った。

いくら彼が格好いいからと言って、自分までこんなところでじっと見てしまうなんて、どうかしてる。

だが気付けば頰が熱く、耳も熱い。アルフレードと離れる予定が、今はこんなに近いと改めて思うと、胸がドキドキしてしまう。

(離れないと)

真琴は、今日の休日の本当の目的を思い出すと、アルフレードから離れようと急ぎ足で歩く。

しかしその途端《とたん》、ぐっと腕を摑まれた。

「しばらくじっとしていたかと思うと、急にどうした。だいたい、そんなに急ぐことはないだろう。いろいろな店に行きたくて気が急《せ》くのはわかるが、わたしを置いていくな」

「…………」

手を放して下さい、と言いたいのに声が出ない。

摑まれているところが、じわじわ熱を持つ。耳もますます熱い。

どうしようと思っていると、

「どうした？　顔が赤いぞ」

アルフレードが気遣うように顔を覗《のぞ》き込んでくる。

頬がかっと熱くなった気がした、そのとき。

「アルフレード？」

どこからか、声が届く。

首を巡らせた次の瞬間、真琴は思わず目を瞠《みは》ってしまった。

こちらを見ている一人の男。彼は目が覚めるような美貌だったのだ。

背格好は、アルフレードと同じぐらいだろうか。均整の取れた体格に長い脚。アルフレードを見たときも「こんなに格好のいい人がいるのか」と思ったのだが、男はアルフレードに優るとも劣らない容姿だ。

歩いてこちらに近付いてくるだけなのに、まるで彼自身が光を放っているかのように眩《まぶ》しく感じられる。

よく見れば、彼の瞳は左右の色が異なっている。けれどそれすらも魅力的だ。

男はすぐ近くまでやって来ると、「やっぱり」と微笑む。

だが、当のアルフレードは、真琴の腕から手を放しつつ、憮然《ぶぜん》とした顔だ。立ち去らないところを見ると知り合いのようではあるが……それほど親しくない相手だったのだろうか？

（でもこの男の人の様子はそんな感じじゃないけど）

温度差を不思議に思う真琴の前で、男は「まさかこんなところで会うとは」と、ますます目を細める。

その声に、「そうだな」と、とうとうアルフレードが口を開いたとき。

「シルヴィオ、どうしたんですか」

男の後ろから、声がかかる。

姿を見せたのは、髪の長い東洋人だ。

こちらも綺麗《きれい》な顔立ちの男だ。中性的な美人、という表現がぴったり当てはまるだろう。

絵になる二人だと思っていると、オッドアイの男はその綺麗な顔立ちの男に「友達に会ったんだよ」と説明する。

「学生時代の友人で、アルフレードと言うんだ。アルフレード、彼が和哉《かずや》だよ。実際に会うのは初めてかな」

「ああ。よろしく和哉、わたしはアルフレード＝デンツァだ」

「加々見《かがみ》和哉です」

そして二人はシルヴィオと呼ばれた男の声に促されるように、挨拶《あいさつ》し合うと、握手を交わす。

次いでシルヴィオは真琴を見ると、「はじめまして」と彼の方から挨拶をしてきた。

「わたしはシルヴィオ。シルヴィオ＝マルコーニと言います。アルフレードとは学生時代の友

人です。彼は和哉。日本人です。あなたも日本から？」

「は――はい」

慌てて真琴が頷《うなず》くと、シルヴィオはにっこり笑って手を差し出してきた。手まで格好がいい。

そろそろと握手すると、「和哉」と呼ばれた男性も「こんにちは」と手を出してくる。同じように握手していると、シルヴィオは続けた。

「わたしたちはナポリに住んでいるんだ。今回は旅行でこっちに。明日、わたしの馬が少し大きなレースに出るからその応援に来て、今は、ふらりと町歩きを。でもここできみに会えるとは思ってなかったな、アルフレード」

「……わたしもきみに会うとは思っていなかった」

相変わらず、アルフレードの返事は素っ気ない。だが嫌がっている様子ではないし、「相変わらず愛想がないな」と笑うシルヴィオの表情は、どこかアルフレードの様子に慣れているような、楽しんでいるような様子だ。

本当に気心が知れた仲、といったシルヴィオの様子に真琴も頬を綻ばせる。だが直後、はっと気付き、慌てて真琴は名前を名乗った。

「あ――あの、僕は瀬里沢《せりざわ》と言います。瀬里沢真琴です。日本の、東京から来ました。旅行というか、仕事というか……その、商品の買い付けで」

「商品の買い付け？」

すると、和哉が興味を持ったかのような声で尋《たず》ね返してくる。

涼やかで聞き取りやすい、綺麗な声だ。真琴は「はい」と頷くと、自分の仕事の説明をした。

「僕、祖父の跡を継いでアンティークの店をやってるんです。あ、後を継ぐって言っても祖父はまだ健在なので、二人でやっている感じなんですけど。それで、今回はその買い付け――」

「店って、どこで?」

瞳を輝かせ、さらに尋ねてくる和哉に真琴が驚いていると、シルヴィオが笑いながら言った。

「和哉はそういうものに目がないんだ。レストランを経営しているせいか、いろいろとこだわりがあって」

「レストランですか。凄いんですね」

「いろんな人に助けてもらって、好きなことをやってるだけです」

照れるように微笑む和哉を感じのいい人だなと思いながら、真琴は店の名前と場所を告げる。

すると、和哉は一層目を輝かせた。

「そこ…行ったことあるよ! ひょっとして、おじいさんって、眼鏡かけてない?」

「かけてます」

「じゃあ、やっぱりそうだ。そこでジノリのティーカップのセットを買ったんだ。懐かしいな。まだ東京の店を始めたばかりのころで、いろいろ集めてたんだよね。僕がそんな話をしたら、数が半端だから、ってかなりまけてくれて……。そうだ、確かおばあさんもいたけど――」

「祖母は、亡くなりました。それで、僕が一緒に店を」

「そうだったんだ……」

しみじみ言うと「でも偶然だね」と和哉は笑う。

「こんなところでまさか東京の人に会えるなんて」

「そうですね」

真琴も、嬉しさに思わず笑みを零《こぼ》す。

しかしそのとき、

「行くぞ」

アルフレードにぐっと腕を摑まれた。

見れば、彼は憮然とした顔だ。

どうして、と思っていると、シルヴィオが口を開いた。

「明日は、きみも競馬場に行くんだろう？」

「え？」

真琴が反応すると、シルヴィオは「ん？」と首を傾げる。

「競馬場、って……」

どういうことですか？　と視線で尋ねると、シルヴィオはアルフレードをちらりと見て言った。

「彼の馬も走るからね。ブックメーカーの予想では、わたしの所有馬が一番人気で、彼の馬は三番…四番人気ぐらいだったかな。でも上位五頭ぐらいは競った人気だし、何より彼の馬は特別だからね」

「……特別？」

「そう。彼が生産する馬は不思議と走る。流行の血統じゃなくても、一見は馬体に迫力のない子でも、レースになると不思議なほど力を発揮するんだよ。だから馬主の中には彼に馬を売ってほしいと頼み込む人たちもいるようだが……残念ながら彼はなかなか首を縦に振ってくれない」

シルヴィオは小さく笑う。

「まあ、そんな風に彼を手放しで賞賛する人たちが大勢いる一方で、残念ながら彼を妬《ねた》んでいる人もいるけれどね。それにしても、本当に応援に行かないつもりだったのか？　普通のレースならともかく、今回は大きなレースだから、いくらきみでも応援に行くだろうと思ってたんだが」

訝《いぶか》しそうなシルヴィオの声につられるように、真琴もアルフレードを見つめる。だが彼は苦い表情だ。

応援には行かないつもりなのだろうか？

尋ねようかと迷う真琴より早く、シルヴィオが言った。

「ひょっとして、まだあいつと揉めてるのか」

「……」

その途端、アルフレードの表情はますます硬くなる。

何かあるのだ。

「……アルフレード……？」

だが、真琴は彼の名前を呼ぶだけで精一杯だ。

聞きたくて堪《たま》らないけれど、たかが居候《いそうろう》の自分がそこまで踏み込んでいいのかどうかわからない。またあんな、辛そうな顔はさせたくない。

けれどそう思うと同時に疎外感も感じ顔を曇らせていると、

「行こう」

アルフレードが再び腕を取ってくる。

引っ張られ、一歩二歩引き摺られるように歩いたものの、真琴は足を止める。

「真琴？」

「……」

一人だけなんの事情も知らないまま、もやもやとしたままこの後を過ごすのだろうか。

訊きたいことがあるのに訊けないまま、一人だけ蚊帳《かや》の外で……。

そう考えると、憂鬱《ゆううつ》さに足が重くなる。

「真琴、どうした。行くぞ。買い物があるのだろう。それとも帰るのか」

強く引っ張ってくるアルフレードに真琴が戸惑っていると、

「『帰る』ってことは、ひょっとしてきみはアルフレードの屋敷に滞在してるのかい？」

シルヴィオが驚いたような顔で尋ねてくる。

それに返事をしたのはアルフレードだった。

彼はシルヴィオを見つめ、「そうだ」と頷くと、

「彼はわたしの屋敷に滞在している。わたしの客だ」

いつになく強い声できっぱりと言う。

さっきは紹介することを躊躇《ためら》っていた様子なのに……と真琴は戸惑ったが、見上げたアルフレードの表情は真剣なものだ。

するとシルヴィオは少し考えるような顔を見せ、「だったら彼には事情を話してるのか?」と、アルフレードに尋ねる。

アルフレードが黙ってしまうと、シルヴィオは「何も話していないのか」と、眉を寄せた。

いったい——何が起こっているんだろう?

「あの——」

堪らず、真琴が二人に声をかけようとしたときだった。

「なら、今夜はわたしたちも君の屋敷にお邪魔させてもらおうか」

いきなり、シルヴィオが言った。

突然のことに真琴は目を瞬かせたが、アルフレードも驚いているようだ。

「何を言ってるんだ」

怪訝《けげん》そうにシルヴィオを見つめると、

「旅行でこっちに来たなら、ホテルを取ってるだろう」

暗に「来るな」という意が籠《こ》もった声音で言う。だが、シルヴィオは平気な顔だ。そのままアルフレードに近付くと、声を落として言った。

「お客がいるなら、わたしと親しいことをアピールしていた方がいい。このままわたしたちと一緒に屋敷に戻れば、見かけた誰かがきっとあいつに伝えるだろうからな」

「……」

すると、アルフレードははっと息を吞む。

雰囲気からすると、シルヴィオの来訪を認める気配だ。

「あの、いったい何が起こってるんですか？」

自分が関わっている様子なのに蚊帳の外に置かれている状況にいよいよ我慢できなくなり、真琴は声を上げる。

「実は――」

シルヴィオが口を開きかけたときだった。

「わたしから話す」

それを遮るように、アルフレードがはっきりとした口調で言う。

いつにない口調に息を吞んだ真琴の傍《かたわ》らで、

「ではひとまずきみの屋敷に戻ろうか。お邪魔するよ」

シルヴィオの声がした。

◆

四人でアルフレードの屋敷に戻ると、真琴は買った荷物を部屋で整理しながら、大きく息をついた。

突然、いろいろなことが起こったために戸惑わずにいられなかったが「わたしから話す」とアルフレードが言ってくれたおかげで随分《ずいぶん》落ち着いた。

帰りの車中で、アルフレードは「話は夕食の後に」と言った。先延ばしにしているのではなく、お客を招いた以上、夕食は夕食としてきちんとしたいということらしい。

「どんな話…なのかな……」

想像しても思いつかないが、シルヴィオの口ぶりではあまりいい話ではないようだ。

それに、そもそも彼はいったいどんな人なのだろう。

俳優と言ってもおかしくないぐらいの目立つ容姿だが、アルフレードの知り合いということは、彼も実業家なのだろうか。

アルフレードと馬とのことにも触れるのだろうか。

でもシルヴィオが言っていた「あいつ」って……。

それに、明日そんな大きなレースがあるなんて知らなかった。ここで育った馬が出走することも。

アルフレードは応援に行かないつもりなんだろうか。

「うー……」

ぐるぐる考えていると、頭がパンクしそうだ。

今日はアルフレードのことを考えないようにするための日だったのに、むしろ一層考えるようになっている。

でも少しでも彼のことを知ることができるなら、それは嬉しいことかもしれない。今までは知りたいのに知ることができなくてじりじりしていたから。

真琴は荷物の整頓を終えると、時間を確認する。

そろそろ夕食だ。

心の準備をすると、ダイニングへ向かった。

◆

四人での夕食は、なんとなく重い雰囲気ではじまった。

それでも、時間が経ちお互いのことを知るほどに、段々とうち解け、話も盛り上がっていく。

特に、シルヴィオはとても話が上手い人だった。

あちこちに旅行しているのか、いろいろな土地での経験をウイットに富んだ語り口で話すのだ。

聞いていると、まるでその場にいるように感じられて、引き込まれずにいられなかった。

そして和哉は同じ日本人、しかも祖父の店に買いに来てくれたことがあったということで、これまた話が弾んだ。

詳しく話を聞けば、どうやら彼の店は、真琴も名前を聞いたことがあるイタリア料理店らしい。

日本に帰ったら行ってみますと言うと、彼は「絶対満足させるよ」と微笑んでいた。

だがそうして話に興じていても、真琴はどうしてもアルフレードが気になっていた。

口数が多いわけではない彼だから、黙って話を聞いているのもシルヴィオに話を向けられたときだけ一言二言返事をするのも、多分いつもどおりだ。だが、この後いったい何を話すつもりなのだろうかと考えると、気になって堪らない。

言いにくい話だとしたら、またあの辛そうな貌を見ることになるかもしれない。

想像すると、まるで自分がしたくない話をしなければならなくなったかのように、胸が痛くなる。

だがそうしているうちに夕食は終わり、四人は食後のコーヒーのために別の部屋に移った。

初めて来るそこは、暖炉《だんろ》のあるこぢんまりとした部屋だ。といっても、他の部屋に比べれば狭いというだけなので、充分に広いのだが。

そしてよく見れば、この部屋に飾られた絵画や時計、置物などもすべて馬にまつわる意匠《いしょう》で彩られている。

真琴がソファの一つに腰を下ろすと、隣の大きなソファに和哉と並んで座ったシルヴィオが部屋を見回して笑った。

「相変わらず、この屋敷は馬ばかりだ。初めて見たときは驚かなかった？」

「え、ええ。まあ……」

「だろうね。でもそれがこの家だからね。アルフレードの学生時代の話は聞いた？」

「い、いえ」

「彼は本当に乗馬が上手かったんだよ。同じ学校で、わたしは二つ上だけど、彼は別格だった。わたしも乗馬は得意だけれど、あまり彼と一緒には乗りたくなかったな。彼が馬に乗っていると、みんな立ち止まってその姿を眺めたものだよ。馬から下りているときは、わたしの方がモテたと思うんだけどね。アルフレード、彼に写真を見せてあげればいいのに」

コーヒーではなくワインを飲みながらシルヴィオは言う。だが、彼の向かいに座っているアルフレードは黙ってコーヒーを飲むだけで口を開こうとはしない。

見せる気はない、ということなのだろう。

その様子に、シルヴィオが肩を竦める。真琴も苦笑したが、内心は、アルフレードの前で乗馬の話をするシルヴィオに、羨ましさを感じずにはいられなかった。

彼は、真琴の知らないアルフレードの姿を知っているのだ……。

わかっていたことだが、自分は部外者だと思い知らされ、切なくなる。

その苦さを苦さで流し込むように、また一口コーヒーを飲んだときだった。

カチャッとカップを置く音がしたかと思うと、アルフレードが三人を見る。

それまでとは空気が変わった気がして、真琴も表情を引き締めると、アルフレードはじっと真琴を見つめてくる。

やがて、静かに話しはじめた。

「さっき、きみは『何が起こっているのか』と尋ねたな。答は簡単だ。わたしは恨みを買っているらしい、ということだ。『らしい』というのはわたしには覚えがないことだからだ」

「それって、つまり逆恨みっていうか、一方的に恨まれているっていうことですか？」

衝撃を受けながらも、真琴は尋ね返す。アルフレードは「そうだな」と頷いた。

「そういうことだ。より正確に言えば恨まれていると言うよりも『妬まれている』と言った方がいいか。馬の世界では珍しいことでもないが」

「脅迫や妙な噂を流されることは珍しくなくても、実際に器物の破損までいくのは稀《まれ》だよ。勝手に敷地に侵入して牧柵を壊したり、無理矢理馬を攫《さら》おうとするなんて……やり方が汚いにもほどがある」

声を挟んできたシルヴィオのその話の内容に真琴が一層慄《おのの》くと、アルフレードは苦笑した。

「馬の世界は、大きな金が動く。そして金以上に名誉が動く。競馬でも馬術でもいろいろあるんだ。馬はどれだけ綺麗でも、それに携わる人間まで綺麗なわけじゃない」

「そう……だったんですか」

それで、客に対して敏感になっていたのか。

真琴は納得すると同時に、そんな時期であるにも拘《かかわ》らず自分を家に置いてくれたアルフレードに心から感謝する。

シルヴィオが再び口を開いた。

「走る馬を持っているオーナーはどうしても妬まれがちなんだが、アルフレードはちょっと質の悪い奴にしつこくされていてね。所有馬がレースでかち合うと、必ず何かしてくるんだ。わたしとアルフレードが懇意だとそれとなく周囲に知らせてからは大人しくなったかと思いきや、今回も何か企《たくら》んでいるようで……」

溜息混じりにシルヴィオは言うと、顔を顰《しか》めて髪を掻き上げる。

シルヴィオの空いたグラスに和哉がワインを注ぐのをぼんやり見つめながら、真琴は彼の話を反芻《はんすう》した。

嫌がらせを受けているアルフレード。だが、シルヴィオはそんなアルフレードを守れる立場ということなのだろうか。

（年上って言ってたから、かな）

考えていると、

「真琴」

アルフレードに名前を呼ばれる。

慌てて顔を向けると、彼がまっすぐにこっちを見つめていた。

「わたしの揉め事だからきみには言わずにいようと思っていたが…考えてみればここに滞在している以上、ひょっとしたらきみにも迷惑がかかる可能性がある。もちろん、わたしの名において客人に危害を加えさせるようなまねはさせないが……万が一ということもあるだろう。すまない。もしこの話を聞いてここにいたくなくなったなら、無理は言わない。蹄鉄《ていてつ》も…きみに譲《ゆず》ろう。希望があるなら、きみがこの国にいる間、身の安全を守るための人間を雇うし、無事に日本への飛行機へ乗れることは保証する」

そう言う彼の声や瞳は、誠実さを伝えてくるもので、真琴は胸が熱くなるのを感じる。

今までも素敵な人だと思っていたが、今の彼は一層だ。

真琴は見つめ返すと、「いいえ」と首を振った。

「僕は、ここにいます。大丈夫です。それに、まだあの子に鞍《くら》を付けられていません。あなたが出した条件をクリアしていないのに、馬蹄を見せてもらうわけにはいきませんし、ましてや頂くわけにはいきません」

「だが」

「心配しないで下さい。放馬してしまったときの怖さに比べれば、嫌がらせに巻き込まれる怖さなんてたいしたことありません。それに、まだあなたにお礼の料理を作っていませんし」

微笑んで言うと、アルフレードは呆気にとられた貌から、次第に微苦笑へと表情を緩める。

それを見つめながら、真琴は深く頷いた。

「ここにいさせて下さい。でも、話してくれてありがとうございました。たまたまここを訪れただけの居候だとわかっていても、何も教えてもらえないのは…少し寂しかったですから……」

今までのことを思い出して真琴が言うと、アルフレードははっとした表情を見せ、「すまない」と謝ってくる。真琴は慌てて頭を振った。

「そんな、謝らないで下さい。それにこうして話してくれましたから……。嬉しいです」

「だが、いい話じゃなかっただろう」

「それでもあなたに関わることなら知っておきたかったんです」

そう言って真琴が頷くと、アルフレードは戸惑ったような驚いたような顔を見せる。

だが直後、彼は柔らかく微笑むと「そうか」と静かに呟いた。

◆

「じゃあ、その馬蹄をもらうための条件が、ちょっと気難しい馬への鞍付けというわけか」

「はい」

「でも今まで馬を扱ったことなんかなかったんだよね。大丈夫なの？」

アルフレードが仕事の電話で席を外した後。真琴はシルヴィオと和哉からの質問に、笑顔で答えていた。

「まだ鞍付けはできていませんけど、馬の世話はなんとかできるようになりました。最初は大変でしたけど……」

「そうなんだ。馬の世話ができるなんて凄いね」

「だが素人《しろうと》にそんな条件を出すとはな。アルフレードも意地が悪い」

「ぼ、僕が無理を言ったんです。条件付きでも叶えてくれようとしただけでありがたいです。それに、馬のことはちゃんと教えてくれましたし」

アルフレードを非難するようなシルヴィオの言葉に、思わずムキになって言い返してしまうと、二人は目を丸くする。

直後、シルヴィオは目を細めて笑ったが、真琴はなんだか無性に恥ずかしくなり、慌てて話を変えた。

「そ、それはそうと、ええと、シルヴィオさんはどういったお仕事をなさってるんですか？」

そう。これは機会があれば訊いてみたかったことだ。

こんなに目立つ人、そうそういないだろうし、さっき彼が言っていたことが気になっていたのだ。まるで、彼がアルフレードを守っているような話しぶりだった。

すると、彼は微笑みを浮かべ、

「わたしは、和哉の恋人だよ」

と、さらりと言う。

冗談かと思ったが、シルヴィオは相変わらず笑みをたたえたままだ。

そして和哉はと言えば、「やれやれ」というような表情を見せている。

ということは……つまり……今の言葉は冗談ではなくて……？

真琴が返事に困っていると、シルヴィオがくすりと笑った。

「すまない。驚かせたかな。だがこれが一番正しい答になるんだ。周りはいろいろと肩書きをつけたがるけれど、わたし自身は和哉を愛してやまない一人の男だ」

「……」

「気持ちが悪い？」

「い――いいえ！」

真琴は首を振った。

「そんなことないです。ただ、ちょっとびっくりして」

慌てて言葉を添える。それは本当のことだ。

真琴はシルヴィオを、次いで和哉を見て微笑んだ。

「その、突然だったので驚いちゃっただけです。お似合いだと思います」

そしてそう続けると、シルヴィオは嬉しそうに、和哉は少し照れたように笑う。

視線を交わす二人からは、確かに特別で親密な様子が伝わってくる。

男同士だがそれはごくごく自然で、側にいるとこちらまで誰かと恋をしたくなるような、そんな気分になる。

(恋…かあ)

思わず胸の中で呟いた、その瞬間。

なぜかアルフレードの姿が思い浮かび、真琴は大きく動揺した。

(え……っちょっ……)

だが、打ち消そうとしても、その面影はなかなか消えてくれない。

それどころか、ますます大きくなるばかりだ。

今日だって、アルフレードはわざわざ知り合いに頼んでコレクションを見られるようにしてくれた。真琴がした話を覚えていてくれた。街では優しくエスコートしてくれた。

その出来事だけでも、思い返すと胸が高鳴る。そうしているうち、今までのことも思い出されて一層ドキドキしてしまう。

(なんで……)

真琴は、自分の反応に狼狽《ろうばい》した。

アルフレードは確かに魅力的な人だが、自分と同じ男だ。

恋とは関係のない人なのに。

すると、

「大丈夫？　顔が赤いよ。疲れで熱でも出たんじゃない？」

和哉が心配するように顔を覗き込んでくる。真琴は慌てて「なんでもないです」と頭を振った。

しかし、頭の中は混乱しているままだ。

自分の恋のことを考えたときにアルフレードのことを思い出すなんてどうかしてる。

よりによって彼だなんて。

彼は同性な上、こんな大きな屋敷に住んでいて、貴族の血を引く大金持ちなのだ。

見た目だってあんなに素敵だし、自分とは別世界の人だ。

いくらシルヴィオと和哉のことを知ったからといって、自分のことに置き換えられるわけはないのに。

「……」

そう思った途端、今度は胸が痛くなるのを感じた。

自分とアルフレードが恋人同士になるなんて、絶対にありえないことだ。なのに改めてそう考えると、胸が引き絞られるような気がする。

日本からやって来ただけの自分を、この屋敷に置いてくれて、馬の世話のことも丁寧に教えてくれたアルフレード。おかげで、蹄鉄のことだけでなく、馬のことにも詳しくなった。

ここでの毎日が、彼と過ごす時間がかけがえのないものだと感じられている。

だからさっきだって、「出て行っていい」と言われて悲しくて堪らなかった。

それがアルフレードの優しさだとわかっていても、できるなら彼の側で彼を助けたいと思った。

彼が大変なときならなおのこと、今度は自分が出来ることをして、彼を助けたいと思った。

(僕にできること……)

真琴は、アルフレードが座っていたソファを見つめると、自分にできることを考えはじめた。

◆

「いい香りだ」

その後、真琴はシルヴィオたちと別れると、書斎で仕事をしているアルフレードに紅茶を持っていった。

彼のために何かしたいと思った結果、まず自分にでもできそうなことをしたのだ。

仕事の邪魔になるようならすぐに戻ろうと思っていたが、彼は意外にも真琴にソファを勧めてくれた。

アルフレード自身も仕事を一時休止して、隣のソファに腰を下ろしてくる。

真琴が入れた紅茶を一口飲むと、アルフレードは「美味《うま》い」と微笑んだ。

「甘さも紅茶とミルクのバランスもわたしの好みだ。上手だな。厨房の者よりも上かもしれない」

「そんな。それほどじゃないです」

「謙遜《けんそん》は美徳だがわたしの言葉は素直に受け取れ。美味い」

「……ありがとうございます」

真琴は、今度は素直に頷いた。

仕事中だけ眼鏡をかけるのか、今の彼はいつか見たような眼鏡姿だ。

高い鼻に、細い銀フレームの眼鏡が似合う。

（本当に素敵な人だな……）

真琴がしみじみと感じていると、

「今日はどうだった」

アルフレードが尋ねてくる。

一緒に出かけたときのことを言っているのだと気付き、真琴は笑顔で答えた。

「いい買い物ができました。帰ってから買った物のチェックをしたんですけど、どの銀製品も見れば見るほどいいもので……。こういう商品を好きなお客さまに喜んで頂けるだろうなって思います」

「そうか」

「はい。それに…あの最初に連れて行って下さったお屋敷でもありがとうございました。貴重なものを見られて凄く嬉しかったです」

「あれは先生のコレクションだ。わたしのものじゃない」

「そんなことありません！　アルフレードさんが頼んでくれたから見られたんじゃないですか。僕のために……ありがとうございます」

「別にきみのためじゃない。久しぶりにわたしも見たかったからだ」

「あ…そ、そうですよね」

「あ——いや、別にわたしはいつでも見られるから、きみのためと言えばきみのためというか……せっかくなら見てもいいんじゃないかと思っただけだ」

そう言うとアルフレードはまた紅茶を一口飲む。

アルフレードが美味しそうに紅茶を飲んでいると、なんとも言えず嬉しくなる。そんな自分を感じながら、真琴は言葉を継いだ。

「そう言えばさっき聞いたんですけど、シルヴィオさんと和哉さんは恋人同士だったんですね。アルフレードさんはご存じだったんですか」

「ああ。実際に会ったのは初めてだが、話は聞いていた」

「そうだったんですか。僕、びっくりしちゃいました。でもお似合いですよね」

真琴が言うと、アルフレードはそっとカップをソーサーに戻し、ゆっくりと脚を組んで言った。

「きみは恋人はいないのか」

「えっ」

突然のことに、どきっとさせられる。

素直に「いません」と答えたが、すると今度は「言い寄られたりしないのか」と尋ねられる。

真琴は頬を染めつつ、ぽそぽそと答えた。

「それっぽいことを言われることはあります。その…店がテレビ番組で取り上げられたせいか、女性のお客さんが多くなって……。でも、僕は仕事の方が楽しいっていうか、今はそれが一番興味があるので」

「なるほど」

「あの、でも、なんでそんなことを」

「滞在客のことを知りたいと思っただけだ」

「そ、そうですか。あの、じゃあ僕も知りたいことがあります。あなたのことです」

真琴は、アルフレードに口を挟ませないように早口で言った。

「この屋敷に来てからというもの、僕はとても世話になっています。だから僕もあなたのためにできることをしたいんです。僕にできることはありませんか？　たとえばあなたの話を聞くとか……」

「きみに話すことなど――」

「馬の話をしたとき、あなたはとても悲しそうな表情をしていました。それがずっと気になっているんです」

真琴が言うと、アルフレードは驚いたような表情を見せる。

だが直後「馬鹿なことを言うな」と言い返してきた。

「わたしには別に辛いことなどない。それに、できることをしたいというなら、いつか話してくれたように日本の料理を作ってくればいい。それで充分だ」

「でも、僕はあなたの辛そうな顔を見たくないんです」

「っ…もし何かあったとしてもただの旅行者のきみには関係ないだろう」

「あります！　あなたが辛そうだと、僕も胸が苦しくなるんです！」

思わず大きな声で言い返すと、その直後、わっと頬が熱くなった。だが、それは本当のことだ。

彼が辛そうにしていると胸が痛い。何もできない自分が悔しくて、歯がゆくて、悲しくなる。

アルフレードはといえば、驚きすぎているのか無言になってしまっている。

そのことに少し不安を感じたけれど、真琴は続けた。

「確かに、僕は何も知りません。ただの旅行者です。でも、そんな僕だから聞ける話もあるんじゃないかと思うんです」

口にすると「ただの旅行者」に過ぎない自分が悲しくなる。けれど、そんな自分の立場だからこそできることがあるはずだ、と自分を奮《ふる》い立たせる。

そしてどのくらい過ぎただろうか。

じっと見つめていると、アルフレードはふっと微笑む。それは、今まで見たどんな笑みとも違う、和《やわ》らぐような解《ほぐ》れるような笑みだ。

次いで彼は、それを苦笑に変えた。

「変わっているな、きみは」

そしてそう呟くように言うと、脚を組み直す。

彼は再び少し間を空けると、やがて、「きみになら話してもいいかもしれないな」と静かに口を開いた。

「前にも話したが、わたしは以前馬に乗っていた。障害物を飛び越えてタイムで点数を競う障害馬術をやっていて…それなりに名前も知られていただろう。幼いころからやっていればそんなものだ。だが……」

そこで、彼は言葉を切る。

思い出しているのか、辛そうに顔が顰められる。

真琴も胸が痛くなったが、彼は続けた。

「だが五年前のある日に、わたしは二度と馬に乗らないと決めた、違うな、乗れなくなった。わたしは、わたしのエゴのせいで何より大切だったパートナーを殺してしまったから」

殺した、というショッキングな言葉に息が止まる。

空気が張りつめていく中、アルフレードは肘掛けに肘をつき、頬杖をついて続ける。

「天気のいい日だった、まさに大会日和の。当時のわたしのパートナーはヴォラーレと言った。見事な栗毛で、賢い馬だった。素晴らしい馬だった。確かに血統は劣っていたし、子供のころの怪我のせいで歩様《ほよう》に癖があった。だがそんなことなど関係ないほどの馬だった。前向きで素直で……何度もわたしを助けてくれた」

その貌を見ているだけで彼がどれほどその馬を愛していたのかが伝わってくる。

「その大会でもわたしたちは上手くいくはずだった。いつものようにしていれば。だがわたしは愚かにも『いつも』ではいられなかった。なんのことはない、他の競技者にヴォラーレの血統や歩様を貶《けな》されたためだ。わたしは思った。『この馬の素晴らしさを見せつけてやる』と。愚かだった。本当に愚かだった。そんな必要などなかったのに、わたしは対抗心にかられてそう思った。結果――」

「……」

「彼に無理を強《し》いた。わたしは今でも思い出す。忘れられない。彼の脚が折れた瞬間のあの音を」

アルフレードの声は震えている。

淡々と話そうとしているのにそうできずに、震えている。

当時を思い出したのか、ぎゅっと唇を噛み、ややあって彼は続ける。

「獣医が言っていた。着地でバランスを崩したとき、そのまま倒れていれば命だけは助かったかもしれない、と。ただしそのときはあなたの命がなかったかもしれません、と。わたしが彼を殺したのに、彼は最後までわたしを守ってくれた。だからもう、わたしは馬には乗らない。わたしに、そんな資格はない。彼とともに得た勝利の証《あかし》も、全て見えないところにしまい込んだ。馬の調教も、以前はわたしも実際に騎乗して調教していたが、今はスタッフに指示するだけだ」

話し終えると、アルフレードはゆっくりと息をつく。

真琴は躊躇ったものの、そろそろと手を伸ばすとアルフレードの手に手を重ねた。

言葉をかけるよりも触れたいと思ったのだ。彼の身体が、冷たくなっている気がして。

触れた手は冷たくはなかったけれど、硬く強張っている。

真琴は彼に触れながら、彼のための言葉を考える。けれどどんな言葉も足りない気がして、考えるのは止めて口を開いた。

「僕は…馬と関わってまだほんの数週間ですから、あなたの苦しみや悲しみを本当に理解できてはいないと思います。僕でさえ馬がそんな風に死んでしまったら凄く悲しいですけど……きっとそんなものじゃないんだろうなって、思うことしかできません。ただ、それでもあなたが馬を好きだっていうことは伝わってきました。今もこんなに後悔してるなら、死んでしまった馬もきっと愛されていたことをわかっていたと思うんです」

「……」

「大切だったパートナーとそんな別れ方をしたなら、馬に乗りたくなかったり乗れなくなってしまったのもわかる気がします。でも…それでも馬に関わっているなら、明日は応援に行きませんか。乗馬用の馬と競馬の馬じゃいろいろ違うと思いますけど、明日走る子はここで生まれ育った子なんですよね？　だったら応援に行きましょうよ」

「……」

「それとも、アルフレードさんのことを妬んでる人って、競馬場でアルフレードさんに危害を加えるような人なんですか？」

「いや」

真琴の言葉に、アルフレードは首を振った。

「幸い、今のところそれはない。だが、わたしに対してではなく馬に妬みを向けることがある。だから嫌なんだ。レースを見に行くのは」

「アルフレードさんの馬に何かするかもしれない、ってことですか？　でもそんなのどうやって……」

「聞いた話では、私の馬と彼の馬が同じレースに出走したとき、彼は自分の馬に乗る騎手に、わたしの馬に故意にぶつかれと依頼したことが二度ほどある……らしい。らしいというのは、シルヴィオから聞いたからだ。彼はわたしと違って社交術に長《た》けているから、いろいろなところからいろいろな話が集まる。幸い、そのどちらのときも偶然か騎手がそうしたアンフェアなことを嫌がったからか、大事には至らなかったが……。もし目の前で馬に何かあったらと思うと、そんなところは見たくないんだ。わたしのせいで、また馬が何か起こるかもしれないと思うと……」

苦いものを吐き出すように、アルフレードは言う。

彼の受けた傷の深さに、真琴は目の奥が熱くなるのを感じた。

自分が泣いても仕方がないとわかっていても、涙が滲《にじ》んでしまう。

耐え切れずに零れた涙を拭うと、それに気付いたアルフレードが手を伸ばしてくる。

優しい指で、そっと涙を拭われた。

「すみ…ません」

「謝ることじゃないだろう」

「でも、僕なんかが泣いても何も解決しないのに……」

それでも、涙は零れてしまう。

するとアルフレードは再び真琴の涙を拭い、小さく微笑んだ。

「そんなことはない。たとえ解決はしなくても、きみに話せただけでいくらか気持ちが楽になった」

「本当ですか？」

「溜め込んでいたからな。あの日から後悔ばかりだ。いっそあのときわたしが――」

「そんなこと言わないで下さい！」

アルフレードが何を言おうとしたのか察し、真琴は声を上げた。

口を噤《つぐ》んだアルフレードに、真琴は続ける。

「ア、アルフレードさんがヴォラーレを好きだったように、彼もアルフレードさんのことが好きだったと思います。だから、アルフレードさんを守ったんです。きっと」

「……」

「なのに、そんなこと言っちゃだめです！」

泣いたせいか、気持ちが昂っている。生意気かもしれないと思ったが、敢《あ》えて真琴は言った。

その勢いで、明日走る馬のことについてもさらに続けた。

「明日走る子だって、きっとアルフレードさんに見に来てほしがってると思います。万が一何か起こったときに見たくない気持ちはわかりますけど、じゃあ、だからってその子を一人で走らせるんですか？」

重ねたままの手に力を込めて言うと、アルフレードがはっと息を呑む。

「応援に、行って下さい」真琴が身を乗り出すようにして繰り返すと、ややあって、

「わかった、行こう」

アルフレードは、静かに言った。

静かだが、深く胸に響く声だ。

その声に、よかった、と真琴は微笑む。しかし次に聞こえた言葉には驚かずにいられなかった。

「だがきみも一緒だ。一緒に行こう」

アルフレードはそう言うと、じっと見つめ返してきたのだ。真琴は慌てて首を振った。

「そんな、僕なんかが――」

しかし、その言葉は途中で止まってしまった。

「きみにも見せたい」

声とともに、手に手が重ねられる。その手は温かだった。

「わたしの牧場で産まれて、育って、今まで頑張ってきた子だ。一緒に応援してほしい」

「そ――それは応援したいですけど……。で、でもそういうところってなんて言うかいろいろ決まりがありますよね。その…服とか……。僕、買い付け旅行のつもりだったのでスーツも持ってきていなくて…あなたに恥をかかせることに……」

「それなら大丈夫だ。服ならある」

「ある!?」

「きみをここに泊めることにしたとき、何かのときのために作っておいた」

さらりとアルフレードは言うが、真琴は絶句するしかない。いつの間に。

しかしそんな真琴の眼前で、アルフレードは微笑む。

「これで服の心配はないだろう。それに、きみなら大丈夫だ。立ち居振る舞いも言葉遣いも綺麗なものだ」

「でも……」

「真琴」

まだ躊躇う真琴に、アルフレードの真摯《しんし》な声が届く。

はっと見ると、彼はまっすぐに真琴を見つめてきた。

「きみと行きたいんだ。ずっと溜めていたものを話せたきみだから、わたしのために涙を零してくれたきみだから、わたしの背を押してくれたきみだから、一緒に行きたい」

その声は、命令とも強制とも違う磁力で真琴を惹き付ける。

「わかりました」

真琴は頷いた。

自分にできることをする——。そう決めたのだから、明日は彼と一緒に応援に行こう。これが今の自分にできることだ。

そして明日のスケジュールについて二つ三つ確認すると、真琴はソファから立ち上がった。

「あの、お邪魔しました」

「いや。わたしの方こそありがとう。ああ、ポットとカップはいい。メイドに下げに来させる」

そしてさらに二言三言言葉を交わし、部屋を出ようとした次の瞬間。

不意に、ぎゅっと抱き締められた。

「あ…あの……」

突然のことに、混乱する。だが腕は緩まず、アルフレードは真琴を抱き締めたまま言う。

「きみがいてくれてよかった。話せて……よかった」

その声に、胸が熱くなる。

自分が少しでも役に立てたかと思うと、ほっとする。

だが抱き締めてくる腕が強さを増すと、次第に真琴の胸に狼狽が広がっていった。

ただのハグに違いないとわかっていても、その強さにはドキドキさせられてしまう。

恋人のことも、こんな風に抱き締めたりするんだろうか……。

「っ……」

そんな馬鹿なことを考えてしまったせいか、一気に頬が熱くなる。

恥ずかしくて顔を隠したくなったけれど、抱き締められているせいでそれはできない。

しかも気付けば、アルフレードにじっと見つめられている。

ひょっとして、変だと思われただろうか？

慌てた次の瞬間。

「えっ」

一層きつく抱き締められたかと思うと、不意に口付けられた。

（え――）

戸惑いに、動けなくなる。

固まってしまった身体に感じるのは、彼の腕の力、体温、そして触れ合った唇の感触だ。

それは不思議なほど心地よく、うっとりとさせられる。

唇をなぞる舌のくすぐったいような気持ちよさに思わずそこを緩め、真琴はアルフレードをぎゅっと抱き締め返す。

しかし身体の密着をはっきりと感じた途端、はっと我に返り、真琴はアルフレードから離れた。

「す、すみません！」

恥ずかしさに、耳まで熱い。

自分はいったい何をしているのか。

親愛の抱擁《ほうよう》とキスに対して、いったい何をしているのか。

「ほ、本当にすみませんでした。あの、おや――おやすみなさい！」

上擦った声で挨拶すると、逃げるように部屋を飛び出す。

だが部屋へ戻っても、唇の感触は消えず、真琴はしばらく眠れなかった。

◆ ◆ ◆

翌日、真琴はアルフレードと約束したように、彼とシルヴィオ、そして和哉とともにミラノにある競馬場を訪れていた。

昨夜あんなことがあったために行くかどうか迷ったものの、「行く」と言った以上それを反故《ほご》にするわけにもいかず、応援に集中しようと決めてやって来たのだ。

イタリアで一番大きく、また、権威のあるレースが開催されるこの競馬場は、本当に強い馬でなければ勝つことが難しいハードなコースを有した競馬場としても有名だ。

特に、今日行われる国際レース、イタリア大章典は、イタリア国内のみならず世界中から注目されているレースで、国内外から一流馬が参戦する。

日本の競馬場に比べればどこかのんびりとした雰囲気も感じられるのは、イタリアというお国柄かもしれないが、そんな一般席を離れ馬主席に目を向ければ、そこは賭け事の場であると同時に、煌《きら》びやかで華やかな社交の会場になっている。

スーツやドレス、そしてモーニングを着ている大勢の人たちが、笑顔で声を交わし合い、グラスを傾けている中、アルフレードたちの後を必死で追いながら、出走馬の関係者だけが入れる特別な席へ向かう。

競馬場もまったく初めての真琴にとっては、見るものも聞くものも全てが新鮮だが、今日は大きなレースがあるということで、いつもより人が多いらしい。その上、着慣れていない服のせいか、どうしても動きがぎこちなくなってしまい、真琴は周囲の人にぶつからないように歩くのが精一杯だ。

せっかくの競馬場なのに、ゆっくりと周りを見る余裕もない。

「あっ！　すみません」

危うく人にぶつかりかけ、真琴は謝罪の声を上げる。さっきからこればかりだ。

東京暮らしだし、人混みには慣れていたつもりだから、平気だと思っていたのだが、こういう場所ではそうもいかないようだ。

モーニング姿のシルヴィオは、佇《たたず》んでいるだけで周りの人たちの視線を釘付けにする圧倒的な華やかさだし、和哉も、レストランの仕事で見られることに慣れているからだろう、日本人はあまり着る機会もないはずのモーニングを着ていても、清潔感のある凛《りん》とした身のこなしで見ていて気持ちがいい。

そんな中、自分一人だけ周囲から浮いている気がして、知らず知らずのうちに小さくなりかけたとき。

「落ち着いて。少し人のいないところに行こう」

先導してくれるかのように少し先を歩いていたはずのアルフレードが、いつの間にか傍らからそっと背を支えてくれた。

びっくりする真琴に、彼は優しく微笑む。その笑みは、一瞬で真琴の不安を溶かしてくれるものだ。

隙なくモーニングを着こなしたアルフレードは、言葉にできないほどの優雅さと品のよさに溢れている。男性を花に喩えるのも変だが、その姿は完璧に美しい薔薇《ばら》を思わせる。

出会って間もないころは、その冷たく感じられるほどの端整な貌と素っ気なさに、近寄りがたいと思ったこともある。けれど今は――彼の笑顔を知り、過去を知り、温もりさえ知った今は、ただ見た目がいいだけではない彼の秘められた魅力に、否応なく惹き付けられている。

この笑顔だってそうだ。

見るたびに、胸が熱くなって、惹かれずにいられない。

真琴はドキドキしはじめた胸をなんとか宥《なだ》めながら、アルフレードに誘われるまま人混みからそっと離れる。

どうやら、同じフロアでも、人が集まりやすいところとそうではないところがあるらしい。

少し歩いて人の少ないところへやってくると、アルフレードは足を止める。

「この辺りならさっきよりはいくらか楽だろう。何度かゆっくりと深呼吸してみるといい」

言われたように大きく、二度三度と深呼吸すると、次第に肩から力が抜けるようだ。そのままそろそろと背筋を伸ばすと、少し周りを見る余裕が生まれてきた気がした。

「すみません……。ありがとうございます」

ほっと息をつき、アルフレードにお礼を言うと、彼は「気にするな」と微笑んだ。

「初めての場所だから慣れていなくて当然だ。特に、今日は人も多い」

「でも、あなたもみんなも馴染んでいるのに……」

「単にこうした場所に出るのが初めてじゃないだけだ。カズヤは仕事で慣れているのだろう。きみが卑屈《ひくつ》になることはない。その服も、とても似合っている」

頭から爪先まで確かめるように見つめて深く頷くアルフレードに、真琴は仄《ほの》かに頬を染める。

モーニングなんて初めてだから、とてもではないがアルフレードたちのように着こなせてはいないはずなのに、彼は褒め言葉を惜しみなくかけてくれる。

ついつい臆《おく》しがちなこんな場所では、その気持ちが嬉しい。

「それに、さっきから見ていたが、人の前を通るときはちゃんと一言断っているし、周囲に気を遣っているじゃないか。ぶつかったときには謝っている。それで充分だ」

そしてそう続けるアルフレードに、真琴は胸が熱くなる。見守ってくれていたのだ。

「仮にわたしが日本へ行ったとして、きみと同じように振る舞えるかどうかはわからない。いや、きっとできないだろう。きみはちゃんと紳士的に振る舞っている」

重ねられる励ましの言葉に、真琴はようやく少しほっとする。

しかし次の言葉には、大いに慌てずにはいられなかった。

アルフレードは一旦ぐるりと辺りを見回すと、

「だが、きみに何かあっては大変だ。これからはわたしがエスコートするから、安心しろ」

再び真琴を見つめ、微笑んで言ったのだ。

彼が、エスコート。ということは、ずっと側にいるということだろうか。

(そんな…どうしよう……)

困惑が気配に出たのだろう。

「嫌か？　わたしが側にいるのは」

アルフレードが、怪訝そうに顔を覗き込んでくる。

すぐに「いいえ」と首を振ったものの、真琴は動揺し続けていた。

嫌なわけじゃない。だから困るのだ。

ドキドキするはずのない相手に、ドキドキしてもどうすることもできない相手に、胸が高鳴ってしまう自分がいるから。

しかしそのとき、そんな真琴の気持ちを楽にしてくれるかのように、どこからかアルフレードを呼ぶ声がする。

彼はしばらく無視していたが、彼よりも年かさの男が二人近付いてくると、

「すまない、ちょっと相手をしてくる。すぐに戻るからここにいてくれ」

そう言い残し、男たちの方へ歩いていく。ちらりと見れば、彼らもモーニング姿だ。着慣れているから、きっと友人か知人だろう。アルフレードと同じ世界に住む人だ。

真琴は、ふうと溜息をついた。

今日は馬の応援に来たのだから、辺りなんか気にしなくてもいいはず——。

そう思おうとしても、どうしても自分と周りを比べてしまう。落ち込むとわかっているのに。

「早く、レースが始まらないかな……」

そうすれば馬を応援することに集中できる。アルフレードが側にいることも気にならないかもしれないのに…と思ったときだった。

「うわっ！」

突然、後ろからドンと押され、前につんのめる。

同時に、腰の辺りに冷たい感触を覚える。触れると、そこは何かで濡れていた。

驚いて振り返ると、ワイングラス片手の若い男がニヤニヤ笑いながら立っていた。

若いと言っても、アルフレードと同じぐらいだ。金茶の髪にモーニング。背格好もアルフレードと同じぐらいだが、雰囲気はまったく違っている。なんというか…見るからに不快感を覚える男なのだ。

明らかにこちらを見下しているような気配を漂わせている。

もしかして、彼が……？

彼が、アルフレードの言っていた男なのだろうか。

つい睨《にら》んでしまうと、男はフンと鼻を鳴らす。次いで「あーあ」と大袈裟《おおげさ》な声を上げた。

「ぶつかられて濡れちゃったよ。まったく、いる場所間違ってるんじゃない？」

続く声も、こちらを馬鹿にしたものだ。しかも、「ぶつかられて」？

「そっちがぶつかってきたんじゃないですか」

思わず、真琴は言い返す。だが男は「はぁ?」と威嚇《いかく》するように言うと、ズイと一歩踏み出してきた。

「僕の服を汚しておいて、その台詞《せりふ》か。まったく、品のない礼儀も知らない奴がどうしてここに紛れ込んでるんだか。連れてきた奴の顔を見てみたいよ。周りから笑われてるのに気付かないの?」

「!」

周りから、という言葉に胸を突かれる。

やはり自分はこの場では変なのだろうか。自分と一緒にいると、アルフレードまで笑われてしまうんだろうか?

アルフレードのおかげで一旦はほっとしたのに、また不安になってくる。

唇を噛んで何も言えずにいると、

「口がきけないのか? 何しに来たんだよ」

追い打ちをかけるように男が言葉を投げつけてくる。

いたたまれず、その場から逃げかけたとき。

「彼はきみのような輩《やから》と話したくないだけだ」

低く、よく通る声がその場の空気を裂くように届く。

アルフレードだった。

彼はぽんと真琴の肩を叩くと、庇《かば》ってくれるかのように真琴の前に立ち、男の嫌な視線から隠してくれる。

広い背中に頼もしさを覚えつつ、その陰からそっと様子を窺《うかが》うと、真琴にきつい言葉を投げつけてきていた男は、顔を歪めてアルフレードを睨んでいた。

「きみの連れか。随分変わった奴を連れてきたんだな」

「きみほどじゃないさ、リカルド」

「なんだと!?」

「わたしの連れだと知っていて声をかけたにも拘らず知らないふりをしたり、ぶつかったのかぶつかられたのかすら判断できないきみに言われたくないと言ってるんだ。何より、わたしの連れに無礼な口をきくな」

アルフレードの声は、尖った棘《とげ》のように固く鋭い。

真琴ですら怖さを感じるほどだから、まともにぶつけられた男は——リカルドと呼ばれた彼は相当だろう。その証拠に、さっきまでのこちらを嘲笑《あざわら》うような表情は消えてしまっている。

代わりに浮かんでいるのは、アルフレードを恨んでいるような妬んでいるような気配だ。

やはり彼が「そう」なのだろうか、と真琴が感じたとき、リカルドは「ハッ」と嘲《あざけ》るような声を上げると、片頰を上げて笑った。

「まあいいさ。きみは変わったものを好む質のようだからな。今日走る馬だって、よくあんな血統の馬をレースに出しているものだと感心する。見劣りするだろう、他の馬たちと比べて」

「……」

「競馬はブラッドスポーツだ。死に絶えたような血統を細々と生き長らえさせるより、これから広がるだろう価値のある血の方が重宝されるべきだとは思わないのか」

自慢げに語るリカルドに対し、アルフレードは無言だ。だが「黙らされている」のではなく敢えて「黙っている」意思が感じられる。

しかし、自分に酔ったように話すリカルドはその違いに気付かないのだろう。ますます声を大きくすると、再び、あの、こちらを見下すようなニヤニヤとした笑いを浮かべて言った。

「きみの馬と同じレースに出る僕の馬を見たか？　二頭ともあのカーティン牧場の生産で、父も母も文句の付けようのない良血馬だ。物が違う。なにしろウイズダムは一二〇〇万ドル、サクセスフルは二〇〇〇万ドルだ！」

言い終えると、彼は「どうだ」と言わんばかりに胸を張る。声が大きいからだろうか、気がつけば、周囲からちらちらと視線が向けられている。揉め事が好奇心をくすぐるのだろう。まるで見せ物のようだ。

そんな立場にアルフレードを置いてしまったすまなさに、真琴は眉を寄せる。しかし次に聞こえてきたアルフレードの声は、いつもの落ち着いた彼のそれだった。

「言いたいことは言い終わったか」

「⁉　なんだと⁉」

「もう気は済んだかと言ったんだ。気が済んだなら、さっさとこの場から立ち去れ。わたしと彼の視界に入らない場所にいろ」

「な――」

「馬に値札を付けて喜んでいるきみとは一生わかり合えないだろう。だから顔を見せるなと言っている。お互いのためだ。ああ――クリーニング代は好きなだけ払おう。うちに請求するといい」

「っ……」

そしてアルフレードは歯噛みするリカルドの前で踵《きびす》を返すと、「行こう」と真琴の背に手を添える。

しかし一歩踏み出そうとしたとき、

「格好付けるなよ。自分の馬も満足に御《ぎょ》せない奴が」

リカルドの、粘り着くような声がした。

思わず振り返ってしまうと、彼は歪《いびつ》な笑みで続けた。

「ああ、馬術とレースは違うから大丈夫か。乗っているのもお前より遙かに上手い騎手だし、万が一何かあってもお前と違って乗り馬を殺すようなことは――」

「っ――！」

その瞬間、全身が燃えるような憤《いきどお》りに突き上げられ、真琴の身体は勝手に動いていた。

ここがどこかも忘れ、ただリカルドの口を塞いでやりたい一心で一歩踏み出す。

しかし、そんな真琴の身体を止めたのは、他でもないアルフレードの腕だった。

「アルフレードさん⁉」

抱き留められ、真琴は声を上げる。

「放して下さい！」

あんな奴にあんなことを言わせたままでいたくない。なのにどうして止めるのか。

だが、アルフレードは諭《さと》すように微笑むだけだ。

その笑みに、真琴の身体から力が抜ける。

自分の行動が周囲の視線をなおさら集めてしまったことに気付き、いたたまれなくなったが、アルフレードはそんなことなど気にしていない様子の穏やかな口調で「行こう」と促してくれる。

再び踵を返したその背中に、

「なんだよ、逃げるのはそっちか」

と、笑い声が届いた瞬間、

「アルフレードの馬は追い込み馬だろう。スタートから一気に先頭に立って逃げる予定でいるのはわたしの馬だ。もちろん、そのまま先頭でゴールするつもりだよ」

滑らかな、今のこの場の雰囲気には似つかわしくないほど明るい声がした。

見れば、ワイングラス片手のシルヴィオが、歓談中だったと思われる何人もの紳士淑女とともに佇んでいる。いつからいたのだろう？

目を瞬かせていると、シルヴィオはちらりとこちらへ視線を流し、微笑んで片目を閉じる。

息を呑む真琴の視線の先で、シルヴィオが微笑みを浮かべたままリカルドに近付く様子と、リカルドが大きく一歩下がったのが見える。

そのとき、

「向こうのテラスで軽く食事でもしませんか。まだメインレースまで時間があるみたいだし、応援するならこっちも食べて元気になっておかないと」

和哉が、優しく微笑んで話しかけてくる。

「そうだな」

頷いたアルフレードにも促され、真琴はまだリカルドのことが気になっていたものの、振り向かず二人とともにその場を立ち去った。

◆

「まったく――どうしてあいつはああ陰険で性格が捻《ひね》くれ切っていて妬み嫉《そね》みが好きなのか」

真琴がアルフレードと和哉とともに馬場を見下ろすテラスにあるテーブルの一つを囲んで十分

後。

遅れてやって来たシルヴィオはまっすぐに和哉の隣に腰を下ろすと、やれやれというように言った。

「だからどれだけ馬を集めても、ろくに走らないんだ。馬は人を見るからね。あんな男が主《あるじ》では馬が不憫《ふびん》でならないよ。まったく――。他人を羨んだり妬む時間があれば、恋人と楽しく過ごした方がよほどいいというのに」

彼の言う「あいつ」や「あんな男」が誰のことを言っているのかはすぐにわかる。先刻のことを思い出し、真琴が思わず顔を顰めると、

「そんな相手がいないからだろう」

それまで黙ってワインを飲んでいたアルフレードが、シルヴィオの言葉に答えるように、さらりと言う。

その口調は、「当然」といった気配の濃い、殊更《ことさら》冷めた雰囲気のもので、あまりの素っ気なさに、真琴は思わず小さく笑ってしまった。

途端、アルフレードがほっとしたように微笑む。

その表情から、彼は自分をリラックスさせるためにそう言ってくれたのだと気付き、真琴は胸が熱くなるのを感じた。やっぱり、アルフレードはとても優しい。

さっきだって、ずっと真琴を守ってくれていた。

突然悪意をぶつけられ、戸惑って逃げ出しそうになっていた自分を励ましてくれた。怒りに我を忘れた自分を冷静にしてくれた。

感激と感謝を込めて傍らの彼を見つめると、

「？　なんだ？」

彼は戸惑ったような声を上げる。

真琴はそんな彼を見つめたまま、「なんでもないです」と首を振った。

彼のことが好きだと、そう思った。

住む世界が違って、男同士で。

けれど彼のことが好きになっている――と。

そんな自分に戸惑いがないわけじゃない。けれど、こうしてすぐ隣にいる彼の気配を感じていると、胸が疼《うず》くのだ。一秒ごとに、彼が好きだという気持ちが大きくなる。

自分の気持ちを確認し、噛み締めていると、

「真琴、さっきはありがとう」

アルフレードが不意に言った。

どういうことだろうかと真琴が軽く首を傾げると、彼は「わたしのために怒ってくれたことだ」と続ける。

それを見て、シルヴィオが「馬の様子を見に行ってみないか」と和哉に声をかけて二人が席を

外すと、アルフレードは身体ごと真琴に向いて言った。

「きみがああして怒ってくれたことは、本当にとても嬉しかった。わたしは怒れずにいたからな。本当のことを言われている以上、そんな資格はないと思っていた。だから……」

アルフレードは息をついて続ける。

「きみが代わりに怒ってくれたときは嬉しかった。嬉しかったし、目が覚めた思いだった。これからは、わたしも怒るとしよう。わたしがわたしのせいであの子を失ってしまったのは事実でも、それを他人にとやかく言われたくはない」

「はい……！」

アルフレードのふっきったような言葉に、真琴は大きく頷く。

するとアルフレードは笑みを深め、しかし直後、何かを思い出すように笑った。

「だがきみがあんなに激情家だとは思わなかった。まさかあいつに摑みかかろうとするなんて」

「だっ、だってそれは……」

あれ以上何も言わせたくなかったからだ。あれ以上、アルフレードが辛くなることを聞かせたくなかった。

だが、思い返せばやはり衝動的すぎた。アルフレードが止めてくれなければ、「周囲からの視線を集めた」程度の話ではなくなっていたかもしれない。

「すみませんでした…その、あのときは」

羞恥に赤くなりながら真琴は頭を下げたが、その肩はアルフレードに押し戻された。

「謝らなくていい。嬉しかったと言っただろう。それに、きみが大人しそうな顔をして実は強いことは、思えば早くにわかっていたことだ。わたしが断っても断っても、屋敷までやって来て……」

「あ……れは……」

「結果、とうとうわたしを根負けさせた。だが今は負けてよかったと思っている。あのときさみが何度も屋敷へ来てくれたから、わたしは今日ここに来られた」

満足しているような息を零すと、アルフレードは視線を馬場に移す。

緑の芝の美しい直線。数時間後には、ここで彼の馬が走る。

「……応援、しましょうね」

真琴が言うと、アルフレードは「ああ」と深く頷いた。

◆

パドックでレース前の馬の状態を確認すると、真琴とアルフレードは再び馬主だけのエリアへ戻ってきた。

もうレースのスタートまで十分ほどだ。ここまでくれば、あとは馬の頑張りをこちらも頑張って応援するしかない。

素人目《しろうとめ》には、アルフレードの馬・ファーチェは万全の仕上がり具合に見えた。アルフレードも満足そうに頷いていたし、きっと期待に応えてくれるだろう。

「そこからコースは見えるか？」

隣に立つアルフレードが、気遣うように真琴の顔を覗き込んでくる。

周りには背の高い人が多いから、レースを見られるか確認してくれたのだろう。真琴は「大丈夫です」と頷いた。

「しっかり見えます。でも、凄くドキドキして……心臓が口から飛び出しそうです。自分が走るわけでもないのに、変ですよね」

苦笑しながら続けると、

「そんなことはない」

アルフレードは、優しく首を振って言った。

「わたしだって同じようなものだ。きっとここにいる全員、ドキドキしている」

「そうですか？　シルヴィオさんは結構落ち着いているように見えましたけど……」

パドックで別れたシルヴィオと和哉のことを思い出しながら、真琴は言う。二人もきっとこの近くにいるはずだけれど、どこにいるかはわからない。

すると、アルフレードは小さく肩を竦め、「彼は顔に出さないのが得意なだけだ」と、気安い口調で言う。

しかし次の瞬間、彼はふと遠くを見る目をすると、静かに言った。

「自分の馬がレースに挑む前は、誰でも緊張する。自分が走るわけじゃないからこそ、緊張するんだ。見守ることしかできないからな……」

その声は、馬を愛しているがゆえのもどかしさまで伝えてくるかのようだ。

そして、秘めた情熱を感じさせる双眸。

上品さの中に男らしい精悍さを感じさせるその貌に、真琴は見とれる。

と——。

何かあったのか、アルフレードは立つ位置を変えるように、僅《わず》かに真琴の方に寄ってくる。

「アルフレードさん？」

気になって彼の方へ首を巡らせかけたとき、

「——見なくていい」

アルフレードはそう言うと、念を押すように真琴を見つめる。

その表情の真剣さは、どこか怖いほどだ。刹那《せつな》、真琴はピンときた。

ここは出走馬の馬主と関係者だけが入れるエリアだ。ということは……あの男、リカルドもいるということだ。近くにいるのだろうか。

（だから守ってくれた……？）

考えが飛躍しすぎかもしれないけれど、アルフレードの真摯な表情を見ていると、そんな気がしてくる。

「……わかりました」

真琴は彼の言葉に従うと、コースの方へと目を戻す。すぐ近くに彼がいるのは恥ずかしかったけれど、守られている気がして心強い。

そして、それから十分後——。

大勢のお客が入った競馬場に、ガタン！　とゲートの開く大きな音が響き、十頭の馬が一斉にスタートする。その瞬間、スタンドが震えるような歓声が上がった。

熱気と興奮が渦巻《うずま》く中、真琴はアルフレードの傍らで瞬きもせず彼の馬の走りを見つめる。

最終的なオッズでは、アルフレードの馬、ファーチェは四番人気になっている。

一番人気は、リカルドのサクセスフル。差のない二番人気がシルヴィオの馬で、三番人気もリカルドの馬だ。

人気では、リカルドに負けている。だが、人気は人気でレースの結果とは違うと信じて、真琴はファーチェを見つめる。

大きなレースだからか、周囲の人たちの興奮も相当だ。食い入るようにコースを見つめて早くも馬の名前を叫んでいる人、馬券を握り締めている人、双眼鏡越しに前のめりでレースを見つめている人、様々だ。綺麗な格好をしている人たちも、レースを前にすればみんな同じらしい。

真琴もアルフレードに守られるようにしながら、一心にレースを見守る。

アルフレードの馬は、真ん中よりもやや後ろぐらいの位置を走っている。軽快に逃げている先頭――シルヴィオの馬とは随分離れているように見えるが、あれで大丈夫なのだろうか。

（頑張れ……！）

真琴はぎゅっと拳を握り締めると、胸の中で叫んだ。

頑張れ。

そして何より無事にレースを終えてほしい。

真琴を守ってくれているアルフレードの手も、ときおりぎゅっと真琴のスーツを摑んでくる。

やがて、大歓声とともに馬たちが最後のコーナーを曲がってスタンド前の直線へとやって来る。

先頭はまだシルヴィオの馬だが、もう走りにあまり余裕がないように見える。代わって脚を伸ばしてきたのは、それまで中団にいたアルフレードの馬ファーチェと、その外側から同じようにして伸びてくるサクセスフルだ。

「ファーチェ！」

真琴は周囲の歓声にも負けない声で、馬に届けとばかりに叫んだ。

二度、三度と名前を呼ぶと、喉が焼けたように痛んだ。だが構わずもう一度叫ぶと、それで元気を得たのか、ファーチェがシルヴィオの馬をかわしにかかる。

「ファーチェ！　頑張れ！」

しかし、真琴がさらに声を張り上げた直後、

「あっ！」

ファーチェの外側に馬体を併わせて脚を伸ばしていたサクセスフルが、大きくヨレてファーチェにぶつかった。

直線半ば、一番スピードが乗るはずのところで、ファーチェの走りが鈍る。

その隙に、サクセスフルが頭一つ前に出たが、体勢を立て直したファーチェがもう一度内側から伸びる。

「「ファーチェ！」」

真琴が上げた声と、アルフレードの声が重なった次の瞬間、馬はその声が聞こえたかのように一際大きく伸び、ゴール直前、しっかりとサクセスフルを捉《とら》え、かわした。

「やったー！」

今まで感じたことがないほどの喜びが、身体の奥から突き上げてくる。夢中で声を上げると、真琴は隣で応援していたアルフレードに抱き付いた。

ファーチェが先着している。

ファーチェの優勝だ。

「やった！　凄い！　凄い……！」

興奮に浮かされたまま「凄い」と繰り返した数秒後、自分のしていることにはっと気付き慌て

て離れたが、見ればアルフレードも嬉しそうだ。

「頑張ってくれたな。こんなにドキドキしながらレースを見たのは久しぶりだ」

そして微笑んでそう言うと、「行こう」と真琴の背を押す。

「あの子を迎えてやろう」

「で、でも僕は」

「きみも行くんだ。当然だろう。きみが応援してくれたからだ。きみがわたしをここへ連れてきてくれた」

そしてアルフレードは、「行こう」と再び真琴の背を押す。

真琴はおずおず頷くと、アルフレードに誘われるまま足を進める。

道中、同じようにスタンドから観戦していたシルヴィオと和哉からそれぞれ「おめでとう」と声をかけられる。気付けば他の人たちからも口々に祝福の声をかけられる。

なんだかくすぐったい。

しかし次の瞬間、射《い》るような視線を感じ、思わず振り返る。するとそこにはリカルドがいた。僅差《きんさ》で負けたからだろう。悔しさからか双眸は異様なほどギラついている。怖さに思わず震えてしまうと、

「真琴？」

アルフレードが顔を覗き込んでくる。

「なんでもないです」

真琴は慌てて首を振ったが、アルフレードは気付いたのだろう。もしくは、彼もリカルドからの視線を感じていたのかもしれない。

「気にするな」

真琴を安心させるように言うと、その視線から守ってくれるかのように優しく真琴をエスコートしてくれる。

勝った馬とその関係者だけが入れるウィナーズサークルに辿り着くと、それとほぼ同時にファーチェが戻ってきた。

見た途端、胸が震えた。

今しがたまで必死に走っていた彼は汗だらけで息も荒い。だが喩えようもなく美しく、胸を打たれる。

アルフレードはファーチェを勝利に導いた騎手とがっしり握手すると、その手で馬の首を撫でる。

「頑張ったな」

その声と馬を撫でる手つきの優しさからは、彼が馬をどれほど愛しているか伝わってくる。

そしてファーチェも、まだ走って間もないせいで疲れているだろうに、その美しい顔を毅然《きぜん》と上げ、優勝と、何よりアルフレードの馬であることを誇っているかのように、されるままになっている。

真琴は、馬を撫でながら目を細めるアルフレードの貌を、胸に焼き付けるように見つめた。

大好きだけど、手の届かない人。

そんな彼との幸せな大切な時間を、離れても忘れないようにするために。

◆

競馬場から引き上げて二人で屋敷へ戻ると、そこもファーチェが勝った喜び一色に溢《あふ》れていた。

今日、ファーチェが入っていた枠の色に合わせてだろう。屋敷の中に飾られている花の色は全てピンクで揃えられ、華やかなことこの上ない。

「お帰りなさいませ。おめでとうございました」

出迎えてくれた執事のブルーノも、嬉しそうな顔だ。すれ違うメイドたちもみんな「おめでとうございます」と声をかけてくれて、真琴は改めて嬉しさを噛み締めた。

ぶつかられたファーチェの馬体が心配だったが、競馬場にある出張馬房で獣医と一緒に確認しても、幸い怪我はないようだった。

優勝して。しかも馬も無事で。

いろいろとアクシデントはあったけれど、今日は最高の一日だった。

アルフレードも、帰る最中も次々かかってくる電話への応対に苦慮していたようだけれど、終始笑顔だった。

真琴は競馬場での興奮の残るまま着替えると、最高の気分のまま厩舎へ向かった。

今日は朝の仕事も夕方の世話も他のスタッフに任せてしまったけれど、一度は馬たちの顔を見て様子を確認したかったのだ。

「よしよし。元気だった？」

ペーラにドルミーレ。順番に様子を確認し、馬房から顔を出した馬の鼻を撫でると、馬も嬉しそうに顔をこすりつけてくる。

なんだか想いが伝わっている気がして嬉しい。

「今日は、頑張った子がいたんだよ」

そして最後にクレシェンテの馬房の前に赴き、撫でながら話すと、彼女は珍しく甘えるような仕草を見せた。

こうしていると、今日までのことが思い出される。

最初は、どう世話をすればいいのかもわからなかった。特にこの子は慣れてくれない子で、本当に鞍が付けられるようになるのか心配だった。

でも、そんな気難しい彼女も今では可愛いと思える。

この子に鞍を付けることが、アルフレードに馬蹄を譲ってもらう条件だった。

だから少しでも早く鞍を付けられるようになりたかった。じいちゃんのために。

けれどそれは……真琴がこの屋敷から離れることと同義でもあるのだ。

アルフレードの側を離れることと。

それを考えると、胸が痛くなる。

元々自分はただの旅行者なのに……。

それがわかっていても辛くなってしまい、思わず俯いてしまうと、クレシェンテが真琴の肩口にぐりぐりと頭をこすりつけてくる。

「どうしたの？」

尋ねたが、馬からの答えは当然ない。ただ、彼女は顔を寄せてくる。

「ひょっとして、慰めてくれてる、とか？」

そっと尋ねると、彼女は頷くように頭を振る。

そんなクレシェンテの様子に、胸が熱くなったそのとき。ふと、真琴の胸に「今なら」という想いが浮かんだ。

今なら、彼女に鞍を付けることができるんじゃないだろうか。

嫌がるようなら、もちろんすぐに止める。けれど、今は彼女と気持ちが通じている気がするのだ。

真琴は急いで鞍を用意すると、そろそろと馬を馬房から引き出す。

そして教えられていたとおりに鞍を乗せてみると、なんと、クレシェンテは大人しくそれを付けさせてくれた。

「……でき…た……」

そろそろと手を離しても、馬は暴れない。

「できた……！」

感激に興奮しつつ、声を上げたときだった。

「真琴か？　ここにいるのか」

厩舎の入り口の方から、アルフレードの声がした。

「部屋にいないからどこへ行ったのかと思ったぞ。何をして……」

が、近付いてきた彼は次の瞬間絶句する。

馬を見つめ、真琴を見つめ、再び馬と真琴を見比べると、

「やったな」

と、破顔《はがん》した。

「凄いじゃないか。たいしたものだ。この子もまったく怖がってない……きみは凄いな」

満面の笑みで手放しに褒めてくれると、真琴も嬉しくなる。

おめでとう、と差し出された手を握り、がっしりと握手したが、その途端、堪らない寂しさに包まれた。

これで本当に、ここから出て行くことになってしまう。

元々一ヶ月の期限だったのだし、祖父のことを考えれば早く日本へ帰るべきだとわかっている。

だから一日でも早く馬に鞍を乗せられるようになって、馬蹄を譲ってもらいたいと思っていた。

ここに来た当時は。

アルフレードの出した条件を呑んだ当時は。

彼のことを、こんなに好きになっていなかったときは。

でも今は……。

知らず知らずのうちに俯いてしまっていたせいだろう。

「？ どうした。嬉しくないのか」

怪訝そうにアルフレードが尋ねてくる。真琴は首を振った。

「う——嬉しいです。この子が僕を信頼してくれた証《あかし》ですから……」

「そうだな。馬蹄の件もきちんと対応しよう。約束は守る」

「はい……」

「真琴？」

真琴の声が重たいままだからだろう、アルフレードの声も怪訝さを増す。

真琴は、今にも溢れそうな想いを抱えている自分の胸を押さえる代わりに、ぎゅっと拳を握り締めた。

どうにもならないことは、口にすべきじゃない。口にしても彼を困らせるだけだ。

だがそう思っていても、すぐ近くにアルフレードの温もりを感じていると、それだけで胸が疼く。彼への想いが膨《ふく》らんでいく。

「真琴、どうした？」

気遣うような声が、耳を掠める。

とうとう堪らず、真琴は声を零した。

「この子に信頼してもらえて、あなたが出した条件を叶えられて…本当に嬉しいです。だけど、これでもうあなたとはさよならなんですよね……？」

だめだと思っているのに、声が震える。

「そ……」

アルフレードが何か言いかけたときだった。

「誰か！　誰か来て下さい！　大変です！　火が！」

遠くから、悲鳴のような大きな声が聞こえた。

驚いてアルフレードとともに厩舎の外に飛び出し、真琴はあっと声を上げた。

この屋敷にあるいくつもの厩舎。その一つから火が出ているのが見えたのだ。

「何があったんだ！」

次の瞬間、アルフレードは声を上げて駆けていく。

真琴もクレシェンテから急いで鞍を外して彼女を馬房に戻すと、アルフレードの後を追いかける。

そして、火が出ている厩舎に——敷地の中で一番遠いところにある厩舎に辿り着くと、そこには既《すで》に大勢の人が集まり、消火活動と中にいる馬の救出作業が始まっていた。

「いったいどうしたんですか!?」

真琴も火を消す作業に加わりながら尋ねたが、詳細は不明。たまたま今日は休みで外出から戻ってきたメイドが異常に気付き、皆に知らせたらしい。

「万が一のときのために火災報知器があるはずなんだけど……鳴ってないんだよ、なんでだか！」

汗だくになりながらバケツリレーをしているスタッフの一人が、苛立たしげに言う。

夜の空を舐めるように燃え上がる火と、立ちこめる煙、そして馬たちが暴れて上げる土煙と大きな嘶《いなな》きで、辺りは大混乱だ。

「馬はなるべく遠くに連れて行け！　遠くの厩舎だ！　空いている馬房のどこに入れてもいい！急げ！」

そんな中、馬の救助の指示を出すアルフレードの声が届く。

大勢のスタッフが、一頭でも多くの馬を助け出そうとしている。だが、馬は火を見て興奮しているせいで、なかなかスタッフの言うことを聞いてくれない。

「早くこっちに誘導しろ！　火が回るぞ！」

立ち上がり、立て続けに嘶き、暴れながら首を振る馬をなんとか引っ張り、安全な場所に連れて行く。

だがそんな中、一頭どうしても厩舎の中から動こうとしない馬がいるようだ。

「おい！　さっさとその馬をなんとかしろ！」

「無理です！　火を見て竦んで、動きません！」

「早くしないと焼け落ちるぞ!?　なんとか引き綱付けて、引っ張ってこい！」

「引き綱は付けてます！　でもいくら引っ張っても動かないんですよ！」

スタッフ同士の間で、怒号と悲鳴が飛び交う。

真琴はいても立ってもいられず、燃えさかる厩舎の中に飛び込んだ。

するとそこには、必死の形相《ぎょうそう》で引き綱を引っ張っているスタッフの一人と、固まったように動かない馬がいた。

「こっちに来て……！　頼むから動いてよ！」

真琴も引き綱を摑むと、一緒になって引っ張る。だが馬は動かない。

火の粉が舞う中、馬はどうすればいいのかわからないといった様子で立ち竦んでいる。

そのときだった。

「真琴、もう無理だ。逃げろ。きみも出ろ、早く！」

アルフレードが飛び込んできたかと思うと、真琴と、真琴と一緒に馬を動かそうとしていたスタッフに言う。

強い口調に、スタッフはがくがくと頷きながら厩舎の外へ駆けていく。だが、真琴は、大きく頭を振った。

「この子を助けないと！」

「馬の力に人間がかなうわけがないだろう！　竦んで動けなくなっている馬を力でなんとかできるわけがないんだ！　このままではきみまで巻き込まれる。間に合わなくなる……逃げろ！」

「嫌です！」

「いいから出るんだ」

そして強引に引き綱から引き離されると、無理矢理厩舎から引き摺り出される。真琴は涙で濡れた顔のまま、アルフレードの胸を叩いた。

「このままじゃあの子が死んじゃいます！」

「だがきみを危険にはさらせない。早く逃げろ」

「嫌です！　助けないと――」

「わかってる。――わたしが行く」

そう言うと、アルフレードは真琴の両手を取り、そっと自分から引き離す。

「わたしが助けに行く。だからきみは早く下がれ」

「何言ってるんですか！　あなたこそ逃げ……」

その瞬間、唇に何かが触れた。

温かで柔らかで、泣きたくなるほどの切なさを感じさせるもの。

それが彼の唇だと気付いたのは、アルフレードが顔を離したときだった。

絶句した真琴に、アルフレードは微笑んだ。

「わたしは大丈夫だ。きみが作ってくれるはずの美味しい日本の料理を食べるまでは死ねない。それに、きみにまだ話していないことがある」

「話していないこと？」

尋ね返すと、アルフレードは頷き、再び口付けてくる。

そして唇を離し、真琴の身体を引き離すと、水を被り、鋭い声でスタッフに指示を飛ばした。

「お前たちは全力で消火と馬の保護にあたってくれ。絶対に、全馬守る」

「あっ――」

「アルフレード！」

そして厩舎に向けて駆け出すアルフレードに、スタッフも真琴も悲鳴のような声を上げる。

だがアルフレードは、振り向くこともなく燃える厩舎の中に飛び込んでしまった。

「アルフレード……」

真琴はその背中を呆然《ぼうぜん》と見つめた。

まだ火は燃えさかっている。もし彼に何かあれば――。

だめだと思うのに、どうしても最悪の事態が頭を過る。

しかし次の瞬間、真琴はそんな悪い予感を振り払うように頭を振り、キッと顔を上げると、呆然としているスタッフに向けて叫んだ。

「とにかく、火を消すことに専念しましょう！　あとは延焼を防いで……それから、馬のケアを」

「そ、そうだな！」

すると、スタッフもはっと我に返ったように次々声を上げる。

ホースでの消火の他、全員のバケツリレーでなんとか火を消そうと試みる。

だが、そうして時間が経っても、アルフレードは出てこない。

「おい…旦那さまは大丈夫か……？」

「旦那さま！　アルフレードさま！　返事をして下さい！」

固唾《かたず》を呑んで経緯を見守っていたスタッフたちも、次第にざわめきはじめる。

いてもたってもいられず、真琴が再び厩舎に向けて駆け出そうとしたとき。

「あっ――！」

厩舎の一部が大きく崩れ、燃え上がる火と舞う火の粉で辺りが真っ赤に染まる。

「アルフレード！」

真琴が悲鳴のような声を上げたときだった。

炎が揺らいだかと思うと、大きな影が現れる。

近づいてくるそれは、馬に乗ったアルフレードの姿だった。

顔は煤《すす》だらけで、服も破れている。火傷もしているだろう。だが、間違いなく彼だ。無事だ。

「アルフレード!」

真琴が駆け寄ると、アルフレードは火の届かない安全なところで下馬して、真琴に微笑む。

涙が止まらない真琴を、彼はぎゅっと抱き締めた。

「大丈夫だと言っただろう」

「……っ……」

アルフレードの声に、真琴は何度も頷く。頷くことしかできない。そんな真琴の身体を、アルフレードがきつく抱き締める。

「引っ張って連れ出すのは無理でも、乗れば動いてくれるんじゃないかと、思い切って試してみたんだ……。不思議なものだな、もう馬には乗れないだろうと思っていたのに、そうしなければきみの元に帰れないと思ったら、自分でも信じられないほどの力が湧いた」

「……」

「またきみに助けられたな」

そして彼は柔らかく微笑むと、真琴の涙を拭ってくれる。

再び抱き締めてくる彼の身体を、真琴も確かめるように強く抱き締め返した。

◆

最後の一頭がアルフレードによって助け出され、火もなんとか消されてから約二時間後。

真琴は、アルフレードの指示を受けてやって来たお医者様——マルコ先生から身体の全てのチェックをされ、薬を塗られ、自身のベッドに寝かされていた。

自分で歩けるし異常もないし大丈夫だと言ったのだが、アルフレードが「大丈夫かどうかはきちんと医者に診《み》てもらってからだ」と譲らなかったのだ。

そしてその間、同じくアルフレードの指示によって今回の火事のことを調べたブルーノの話によれば、どうやら火事は放火の疑いが強いらしい。

「なるほど、わかった。この短時間によく調べてくれた。ありがとう、ブルーノ」

アルフレードはブルーノの話を聞き終えると、難しい表情を浮かべながら、頷いて言った。

そして大きく溜息をつくと、少し考える様子を見せて続ける。

「引き続き、調査を進めてくれ。結果については、細大漏らさず速やかにわたしに報告を。ことの全容が判明した暁には、実行犯にも首謀者にも、わたしがそれ相応の措置をとる」

「畏《かしこ》まりました」

「それから、家の者たちや厩舎の者たちには充分な休息を。念のため全員の身体のチェックをマルコ先生に頼んでくれ」

「畏まりました」

深く頭を下げ、ブルーノが部屋を出て行くや否や、アルフレードはソファから立ち上がり、真琴が横になっているベッドの端に腰を下ろしてくる。

手を取られたかと思うと、彼は真琴の腕と手の甲にできた火傷に大きく顔を顰める。そして心配そうに真琴を見つめてきた。

「大丈夫か。痛みはないか?」

「大丈夫です。それよりも、あなたの方が大変なんじゃ……」

「わたしのことはいい。それよりきみの方だ」

「僕は、お医者様はただの軽い火傷だ、って……」

「『ただの』? あの医者は、きみにそんなことを言ったのか?」

「ち——違います! そこは僕が付け足しただけ…というか、僕の感想です!」

アルフレードの声が低くなったことに慌て、真琴が慌てて言うと、彼は怒ったような表情で抱き締めてきた。

「だったら二度とそんなことを言うな。きみの身体が傷ついたとわかったとき、わたしは自分の身体が引き裂かれたような気がしたのだから」

「……」

「まったく……無茶をしないでくれ」

アルフレードは苦笑すると、ゆっくりと腕を解く。

真琴も苦笑を見せたが、その胸の中では自分を抑えるのに精一杯になっていた。

もし今日の火事が、さっきアルフレードが言っていたように放火だとしたら、真琴にもなんとなく誰が指示したことなのかわかるような気がする。推測で他人を疑うべきじゃないとわかっていても、競馬場でのあの視線が忘れられない。

ひょっとしたら、これからもアルフレードはこんな嫌がらせを受けることがあるのだろうか。だとしたら、少しだけでも彼の助けになりたいと思う。ううん、嫌がらせを受けなくてもだ。彼と一緒に、彼の側で一緒に馬の世話をしたい。もっといろいろなことを知りたい。

でもそれは無理なことだ。

自分は日本へ帰らなければならない。祖父が、店が待っているのだから。

(あと数日で、お別れだ)

真琴は改めてそれを思い、ぎゅっと布団を握り締めた。

アルフレードと離れることを考えると、胸が軋《きし》む。だが彼は元々別世界に住む人なのだ。真琴は繰り返し自分に言い聞かせた。

抱き締められたこともキスも、あれはあのときだけのことだ。日本とは文化の違う国。特別な意味を考えるべきじゃない。何より、彼は同性を好きになったりしないだろう。

(まあ、僕も彼を好きになったりするなんて想像もしてなかったんだけど……)

好きになってしまった。

（初恋が、「実らない恋」か……）

自嘲《じちょう》気味にふーっと溜息をついたときだった。

ふと、アルフレードが黙ったままでいることに気付いた。

「……アルフレード……？」

ひょっとして、具合が悪いのだろうか？

気付かなかった自分を胸の中で叱責しながら、真琴は再びアルフレードに声をかける。

「アルフレード？　大丈夫ですか？」

恐る恐る彼の肩を揺すると、彼ははっと息を呑んで真琴を見つめてくる。

彼にしてはらしくなく、ぼうっとしていたようだ。それとも考え事をしていたのだろうか。

「あ…す、すみません。ひょっとしたら具合が悪いのかと思って……」

「いや、大丈夫だ。こっちこそ心配をかけてすまない。その…いろいろ考えていた」

「いろいろ……？」

「ああ」

それだけ言うと、アルフレードはまた黙ってしまう。

だが、ややあってアルフレードは身体ごと真琴に向くと、静かに口を開いた。

「今日は、本当にいろいろなことがあった。だから本当ならこんな日ではなく、もっと落ち着いたときに言うべきなのかもしれないが…今日は人生何があるかわからないと思い知った日でもある。だから、今言うことにする」

空気が、ぴんと張りつめる。

何を言われるのだろうと身構えた真琴の手に手を重ねてくると、アルフレードはふっと目元を和らげた。

「昨日、きみはこうしてわたしの手に手を重ねてくれた。誰かの手がこんなに温かだと気付いたのは、あれが初めてだった」

「……」

「きみは、いつもわたしに軽い驚きと大きな感激を与えてくれる。思えば、最初に出会ったときからそうだった。きみはいきなり訪ねてきて無茶な頼みをしてきたのに、その瞳があまりに一途《いちず》で、わたしは忘れられなかった。帰っていくきみを、目で追ってしまったほどに」

過日を思い返しているのか、アルフレードは優しく目を細める。

「その後もそうだ。きみはわたしが思っていたよりも頑張り屋で、粘り強かった。だがそんなきみのおかげで、わたしは今日を迎えることができた。ファーチェが頑張るところを、勝つところをこの目で見ることができた。愛する人と……一緒に」

「……っ」

そしてアルフレードは真琴をまっすぐに見つめてくると、戸惑いが隠せず狼狽えている真琴の手をぎゅっと握り締めて言った。

「こんなことを突然言えば、きみをどれだけ驚かせるかわからないと思う。男にこんな告白をされて、不愉快に思うかもしれない。だが、わたしはきみを愛している。きみがおじいさまを大切に思っていることを知っていても、きみに帰国してほしくないと思っている。ずっと、ここにいてほしいと……。わたしの側に、いてほしい、と」

「……」

「きみはわたしにとってかけがえのない人だ。こんな気持ちは初めてで、どう言葉にすればいいのかどれだけ考えてもわからないのだが……きみのことが好きで、離したくない。この想いを——どうか受け取ってくれないか」

澄んだ緑の瞳が、熱と誠実さをたたえたその瞳が、自分だけを映している——。

視線が外せないまま、真琴はその事実に身体が震えるほどの感激を覚えていた。

アルフレードが、自分を。

彼の言葉が、耳の奥で何度も繰り返されている。

だがそれは都合のよすぎる幸せな夢のようで、怖くて信じられない。

「……僕……」

真琴は、アルフレードを見つめ返したまま、不安をそのまま零すように言った。

「僕…そんな……」

「わたしのことは、嫌いか」

「違います！」

真琴は叫ぶように言った。

「そんなわけありません！　僕…僕もあなたを……でも……」

「……」

「でも僕とあなたじゃ全然……全然違います。何もかも――」

「何が違う」

「僕は日本からのただの旅行者で…小さな店をやっているだけの男です。それも祖父に助けられてなんとか頑張っているだけで、とても一人前じゃありません。でもあなたはこんなに大きなお屋敷の主人で、歴史のある家柄の人で、凄く…格好よくて……。とにかく何もかも違います！」

真琴がぎゅっと唇を噛むと、アルフレードが静かにベッドから腰を上げる。

視線で追うと、彼はさっきまで座っていたソファの方へと向かう。そして側のテーブルの上に置かれていた何かを手に取ると、またベッドまで戻ってきた。

持っているのは、箱のようだ。

大きさは葉書よりも二回りほど大きいぐらいだろうか。よく見れば、表面の紫色はベルベット生地だ。そこに紋章のような意匠が描かれている。喩えるなら、婚約指輪が入っている箱を大きくしたような、そんな豪華な箱だ。

アルフレードはそれを片手に持つと、もう一方の手で蓋を取る。

「あ……！」

そこにあったのは、真琴がずっと探していた馬蹄だった。

祖父が持っているものと対になっている、あの、三つの緑の石が嵌《はま》った馬蹄だ。

しかもアルフレードが見せてくれているそれは、屋敷でずっと保管されていたからなのか、祖父が持っているものよりも美しく、キラキラと輝いている。嵌められている宝石の輝きも目に眩しく、見ていると溜息が出るほどだ。

本物を目の前にして真琴が固まっていると、

「手に取ってみるといい」

アルフレードが促してくる。

「で、でも……」

「いいから手にしたまえ。触れたぐらいで壊れるものでもない」

微笑みながら言うアルフレードの言葉に背を押され、真琴はそっと馬蹄を手にする。

祖父が持っているものと同じものなのに、それよりも重たく感じるのは今まで探していた時間と憧れの重さも加わっているからだろうか。

銀色のそれをうっとりと見つめていると、

「この蹄鉄を履いていた馬の話をしていなかったな」

アルフレードが言った。

「名前は以前も言ったようにモルペウス。引退レースで凱旋門賞《がいせんもんしょう》を勝った、牝馬だ。小柄な馬だったが男勝りで、大きなレースを三つ勝った。——ファーチェの曾祖母に当たる」

「そうなんですか!?」

あの馬の?

目を丸くする真琴に、アルフレードは深く頷いた。

「モルペウスが唯一残した子が、ファーチェの祖母だ。確かにあまり流行っていない血統で、傍流を探しても他に主だった活躍馬はいない。だがこの血統は繋げていかなければならない血だ。馬のことばかりだった父が母と出会ったきっかけが、モルペウスだった」

「……」

「父は元々、モルペウスの母を所有していたんだ。だがこの血統は繁殖力が弱くて、なかなか子供が産まれなかった。一流の種牡馬と種付けしてもなかなか受胎しなくて……そんなとき、たまたまその話を知った母が——当時はまだ知り合い程度の女性だったようだが——言ったらしい。『好きな相手と恋人同士にさせてやらないからよ』と。母は馬の繁殖のことは何も知らなかったから、種付けはお互いが気に入った馬同士がするものだと思っていたようだ。本来なら一笑に付される言葉だが、父はそこではっとさせられたらしい。『馬の気持ちを何も考えていなかった』——と。そこで自分の考える理想の血統ではなく、馬の様子に沿った種付けをして、産まれたのがモルペウスだ。そして父もまた自分の気持ちに従い、母を娶《めと》った。この馬は、そんな過去と歴史のある馬だ」

美しい詩を読むように、アルフレードは話す。

「そんな…凄い馬のものだったんですね……」

想像もしていなかったほどの内容に、感嘆の息をついて真琴が呟くと、「ああ」と、アルフレードは頷く。

「だからこの蹄鉄は特別だ。強かった馬のものだからというだけじゃなく、愛し合うもの同士を繋ぐ。塡め込まれているエメラルドは母の瞳の色と同じものだし、引退レースを勝った記念と結婚の記念に、父が母に贈ったものだからな」

そして、彼は再び真琴をまっすぐに見つめてきた。

「真琴――」

すぐ側から聞こえる自分の名前に、胸が熱くなる。それだけで幸せで、泣きたくなる。潤みはじめた瞳で見つめ返すと、アルフレードはゆっくりと続ける。

「だからこそわたしは、この蹄鉄をきみに捧げたいと思っている。誤解しないでほしいが、ものできみを懐柔《かいじゅう》しようというわけじゃない。ただ、わたしはこういう…誰かを好きになるとか恋ということに不慣れで…どうすればきみを喜ばせられるかよくわからないんだ。きみの不安を取り除いてやることもできない。心に従って愛していると伝えることしかできない。だからせめて、そんなわたしの気持ちの一片としてこれを受け取ってほしい。きみへの気持ちに僅かな偽りもないことを、この蹄鉄に誓う」

そしてアルフレードは、蹄鉄を持つ真琴の手に手を重ねてくる。

もう一方の手で涙を拭われ、一層涙が溢れた次の瞬間、真琴はアルフレードに抱き締められていた。

「アルフレード……っ」

温かな胸に包まれていると、彼が好きだという気持ちが大きく強く全身に広がっていく。

男同士でも、住む世界が違うとわかっていても、これからどうなるかわからなくても、彼が好きだ。その想いが——みるみる全身を満たしていく。

こみ上げてくる想いに突き動かされるままぎゅっと抱き締め返すと、回された手に背中を優しく撫でられた。

「きみとわたしは、何も変わらない」

優しく美しい声が耳元で囁く。

「わたしたちは今ここに一緒にいるじゃないか。住む世界なんて変わりはしない。同じだ。こうして抱き合って触れ合える——同じ世界にいる。でなければ、わたしはきみに会えないところだった。ずっとずっと、苦しいものを抱えたままだっただろう。きみが同じ世界にいてくれたおかげで、わたしはあの馬を火の中から助けることもできた」

「アルフレード……」

「きみが、この世界に生まれてくれたことに感謝する。わたしのもとを訪ねてきてくれたことに。何度も……ありがとう」

心に直接伝えてくるかのような声音で言うと、アルフレードは微笑む。

「僕も…僕もあなたのことが大好きです……」

真琴も泣きながら微笑んで言うと、目元に、頬に何度も唇が触れる。

「愛している――」

やがて囁きとともに重ねられた唇はこの上なく優しく温かで、言葉以上の愛情が流れ込んでくる気がした。

◆

「ん……」

ゆっくりとのし掛かってくる重みと温かな肌。くすぐったいようなその感覚に真琴が思わず息を零すと、髪を撫でていたアルフレードの手がふと止まった。

「大丈夫か。重たいか?」

不安そうに尋ねられ、真琴は首を振る。重たくないと言えば嘘になるが、今はこの重みが幸せ

だ。

「大丈夫です……」

答えながらそろそろとアルフレードに触れると、指先が彼の腕に巻かれた包帯を掠める。

その痛々しさと、彼が火の中に飛び込んで行ったときの胸が軋むような痛みを思い出し、思わず顔を曇らせてしまうと、アルフレードは真琴を優しく見つめ、「大丈夫だ」と、微笑んだ。

「わたしは、ここにいる」

そのまま、そっと口付けられた。

好きだと告げ合ったときも、抱き締め合っていたときも、着ているものを全て脱いだときも触れ合っていた唇。もう何度目かわからない口付けだ。でも触れ合うたび、幸福感が胸に満ちる。

「うん……っ」

啄《ついば》むような口付けから唇を舌でなぞられ、ぞくぞくとした快感にくぐもった声が漏れる。

恥ずかしいけれどもっとしてほしくてねだるように小さく身じろぐと、濡れた舌が口内に挿《さ》し入ってくる。

舌に舌を絡められ、柔らかく吸われると、ぞくぞくとした甘い痺れが背筋を駆け上る。

「っふ……ん……っ」

鼻にかかった吐息が零れるのが恥ずかしい。それでも浸るようなキスは堪らなく心地よくて、頭がぼうっとしてきてしまう。

やがて、ひとしきり触れ合った唇は真琴のそこを離れ、喉元に、肩に、耳殻《じかく》に、そして鎖骨から胸元へ、仄かな朱《あか》い印を残していく。

「は……っ……」

それだけで、息が上がって目眩《めまい》がするようだ。

強く薫り高いお酒にゆっくりと沈められていくかのように、四肢がじわじわと動かなくなっていく。

「ア……ッ」

次の瞬間、胸元に口付けを繰り返していた唇が、小さな突起を捉えて啄む。

そのまま音を立てて吸われ、その未知の快感に、真琴は大きく背を撓《しな》らせた。

「ア…っあ、ア……っ」

唇で摘《つま》まれ、捏《こ》ねられ、吸われるたび、腰の奥に熱が溜まっていく。

同時に反対の乳首をそっと摘まれクリクリと捻るようにして刺激されると、堪える間もなくくびくびくと身体が跳ねた。

自分の身体が、自分のものではないようだ。アルフレードの指が、唇が、舌が新たな刺激をもたらすたび、抗《あらが》えない劣情のうねりに一秒ごとに飲み込まれている気がする。

息が熱い。胸の奥も身体のそこかしこも熱い。ふわふわしているのに重たい気がして、全然思うように動かない。

「ぁ…ゃ……っ」

感じすぎている自分が怖くて、真琴はいやいやをするように首を振る。

だが、アルフレードは愛撫を止めてはくれない。それどころか、下肢に伸びてきた手に性器を摑まれ、その刺激に真琴の腰は大きく跳ねた。

「や……っや…ァ……っ」

「嫌──か？　ここはもう固くなっているようだが」

「そ…ァ…あ、ァ──」

「身体の力を抜いて、わたしに委《ゆだ》ねろ」

「だっ、だって…恥ずかし……っ」

初めてのことなのに、こんなに反応してしまうのが恥ずかしい。声が止められないのが恥ずかしい。しかもそんなに恥ずかしいのに気持ちよくてどうしようもないから尚更恥ずかしい。

自分では淡泊な方だと思っていたのに、どうしてアルフレードに触れられるとこんなに昂ってしまうんだろう？

触れられれば触れられるほど貪欲になって、もっともっと触ってほしくて堪らなくなる。

「ァ……ァ──」

摑まれた性器をやわやわと揉まれ、かと思えば強めに扱《しご》かれ、そのたび腰が震える。

自慰の経験がないわけじゃないから、そこを刺激されれば気持ちよくなることは知っている。

けれどこんなに――腰が溶けるような快感は感じたことがない。

「ぁ…ァ……っあア……っ」

アルフレードの指が性器を弄《いじ》るたび、そこが固く張りつめていくのがわかる。

舌足らずな喘ぎが溢れて止まらない。

喉を反らして身悶《みもだ》えると、アルフレードが微かに笑った気配が届く。

「も…う……だめ…です……っ」

真琴は、再び大きく頭を振った。

「だめ…っ…だめ……」

他人の手で刺激されることがこれほど気持ちいいと思わなかった。

否――。アルフレードに触れられることがこんなに気持ちいいと思わなかった。好きな人に、大好きな人に触れられると、こんなに――全身の細胞という細胞が全てさざめくほど気持ちがいいと思わなかった。

感じすぎてどうすればいいかわからないのが怖くて、真琴は逃げるように身を捩《よじ》る。だが、アルフレードは逃がしてくれない。

胸元を愛撫していた唇で臍《へそ》を擽《くすぐ》り、腰に歯を立て真琴を一層煽《あお》ると、そのまま、もう蜜を零して熱くなっている性器をそっと口に含んだ。

「ア――」

敏感な部分をぬるりと舐められ、一際高い声が口をつく。

真琴は咄嗟にアルフレードの肩に指をかけたが、そこから力が入らない。

意志を持つ生き物のような舌で舐め回され、ぴっちりと性器を包む唇で執拗《しつよう》に扱かれれば、あられもない喘ぎ声しか出なくなってしまう。

「だ…め……ッア…あア……っァ…アルフレード…っ」

覚えのある熱のうねりが、腰の奥からせり上がってくる。まるで全身を舐められているかのようだ。

このままでは彼の口を汚してしまう、と真琴は泣きそうな声で止めてほしいと訴えるが、アルフレードの口淫はますます熱を増していく。

「っァ…ァ……ん……っっん……っ」

腰が揺れる。だめだと思うのにより大きく深い快感を求めて腰が揺れる。

目の奥を白い光が過り、こめかみの奥がぎゅう……っと引き絞られる感覚がある。

先端の窪みを舌先でちろちろと擽《くすぐ》られ、音を立てて吸い上げられた瞬間——。

「ん…っ…ァ…ァあッ、あ、あ、ぁァ——ッ……」

大きく背中が撓り、アルフレードに含まれたままの性器から温かなものが溢れる。

快感の波に揺られながら、真琴は羞恥で耳まで朱くなっていた。

我慢できずに、アルフレードの口を汚してしまったと思うと、どんな顔をすればいいのかわからない。

するとそんな真琴の視界に、今まさに真琴が放った白濁で汚れた唇をぺろりと舐めるアルフレードの姿が映る。

「――――！」

その様子はなんとも艶《なま》めかしいが、真琴はますます羞恥が高まり、思わず両腕で顔を覆ってしまう。

だが、その腕はアルフレードの手に摑まれた。

「どうした。顔を見せてくれ」

「い……」

「ん？」

「い…いやです……っ……」

「なぜ。わたしは下手だったか」

「違います！　そうじゃなくて……っ」

下手じゃない。上手いかどうかは今の経験が初めてだからわからないけれど、あんなに気持ちよかったのだ。下手なわけがない。

「そうじゃないです…でも、はず…恥ずかしくて……」

「……」

「ごめんなさい……僕、あなたの口を……」

「ああ……」

すると、アルフレードは小さく笑った。

「だがそれは謝ることか？　わたしの愛撫にきみが感じてくれたならこれほど嬉しいことはない」

そしてちゅっと唇に触れてくる唇からは、真琴が零した精の青い香りがする。

その香りに再びぞくりとした感覚が背を撫でるのを感じていると、

「続けても…大丈夫か」

キスの合間に、アルフレードが尋ねてきた。

「きみが嫌だと思うなら、少しでも嫌なら、今夜はこれ以上は何もしない」

「……」

「とはいえ…わたしがきみを求めているのも本当の気持ちだ。もっときみを知りたいと思っているし、きみと一つになりたいと——きみの何もかもをわたしのものにしたいとも思っている」

男の艶を感じさせる掠れた声音で言うと、アルフレードは真琴の顔を覗き込んでくる。

初めて見る情欲を宿した瞳。伝わる肌の熱。汗の香り。

一度達したはずなのに、雄の気配を漂わせたアルフレードに見つめられると、またじわじわと身体が熱くなってしまう。

恥ずかしさにぎゅっと目を瞑《つむ》り、それでもはっきりと頷くと、両頬を優しく掬われ、額に口付けられた。

そして再び唇に唇が重ねられる。吐息まで混ぜ合うような口付けを繰り返していると、アルフレードの吐息も浅く速くなっていくのがわかる。

彼もまた興奮しているのだとわかると、一層身体が熱くなる。

そのまま、右脚を掬われ、軽く膝を立てた格好で大きく脚を開かされたかと思うと、アルフレードの指が双丘の奥へ触れてきた。

さっきの口淫の折り溢れた先走りの蜜が伝ったせいか、既に濡れているそこは、指が触れると微かな水音を立てる。

真琴は恥かしさにぎゅっと身体を硬くしたが、優しい指に後孔を撫でられると、まるで溶けるように身体から力が抜けてしまう。

やがて、指はその窄《すぼ》まりへと挿し入ってきた。

「う……っ」

異物感に、思わず声が漏れる。だが痛みはない。

真琴が声を上げたせいか、アルフレードはゆっくりと——殊更ゆっくりとした丁寧な手つきと慎重さで、真琴の中へと指を進めていく。

そして根元まで埋めると、中を探るように動かしながら、今度はそれを抜き挿ししはじめた。

「ア……っは…あ……っ」

身体を内側から触れられる初めての感覚。なのに怖さはまるでなくて、アルフレードへの愛しさだけが募っていく。

ただ――そんなところでさえ快感を覚えている自分が恥ずかしい。初めてなのに、指が蠢《うごめ》くたび、口の端からは淫らな声が溢れてしまう。

アルフレードに触れられると、そこは全て性感帯になってしまうかのようだ。

やがて、二本に増えていた指が抜かれたかと思うと、両脚を大きく開かされ両膝が胸につきそうになるほど身体を畳まれる。

不自然な体勢に、さすがに緊張してしまうと、顔を覗き込んできたアルフレードが優しく髪を撫でてくれた。

「大丈夫だ。きみを傷つけるようなことはしない」

「……はい」

「愛している。どうすればいいのかわからないぐらい……きみを愛している」

「僕も、愛しています……」

どれだけ言葉にしても足りない想い。それでも言わずにいられなくて心からそう伝えると、熱い唇にしっとりと唇を覆われる。

手を伸ばしてアルフレードの髪を掻き上げれば、額に汗が浮いているのがわかる。

情熱に溢れた双眸に、彼もまた自分を求めているのだと思うと、それだけで胸が甘く疼く。

「ア……」

そして後孔に熱いものが押し当てられた直後。それはグッと、中に挿し入ってくる。

指とは比べものにならない大きさと硬さに、全身が緊張する。

夢中で目の前の身体にしがみつくと、宥めるように額に、こめかみにキスが降る。

「ん……っぁ……っ」

「力を抜くんだ。息を詰めずに——そう……」

アルフレードに言われるまま息をつくと、次第に弛緩《しかん》する身体に合わせるかのように、熱いものがググッ……とさらに奥へと入ってくる。

「は……ア……っ」

異物がせり上がってくる感覚。だが身体の隅々までいっぱいにされるかのようなその感覚は、苦しさよりも充足感を連れてくる。

アルフレードが中にいると思うと、彼と一つになっていると思うと、全身が幸福感に慄《わなな》く。

ほどなく、全てが埋められると、アルフレードにぎゅっと抱き締められた。

温かな胸と逞《たくま》しい腕に抱かれていると、幸せすぎてどうすればいいのかわからなくなる。

「大好きです……」

恋人を見つめて言うと、アルフレードは微笑み「わたしもだ」と囁く。

「動いていいか」

尋ねてくると、真琴が頷いたのとほぼ同時に、ゆっくりと腰を使いはじめた。

「あ……ァ……っ」

するとさっきまで散々指で弄られていたそこは、抉られ、奥まで突き上げられ抜き挿しされるたび、新たな快感を伝えてくる。

繋がっているところだけでなく、腰の奥も、互いの身体で擦られる性器も、爪先までもが気持ちよさに震える。

恥ずかしさよりも彼を求める気持ちが勝り、しがみ付く腕に力を込めると、それに応えるように奥まで穿《うが》たれ、真琴は声を上げて身をくねらせた。

「ァ…あ、ああっ…ア――」

「素敵だ…きみは――何もかも全部……」

「あア…っあ……っ」

「愛してる、真琴。わたしの――」

「アァあ――ッ」

激しく腰をぶつけられ、思わずずり上がったところを強引に引き戻され、尚深く埋められる。

アルフレードも昂ってきているのだろうか。抽送は次第に激しさを増し、突き上げられるたび次々と寄せてくる快感に、頭の芯まで痺れるようだ。

アルフレードの背に爪を立て、仰け反ってあられもなく声を上げると、強くかき抱かれ、首筋

に噛み付くように歯を立てられる。

「あァ…っ――」

痛みも苦しさも、今は淫らなスパイスにしか感じられない。

浅い息を繰り返し、声を上げて身をすり寄せると、昂っている性器をぎゅっと握り締められた。

「……っはア……っ」

抜き挿しされる動きに合わせてそこを扱かれると、身体が一気に熱を帯び、もう何も考えられなくなる。

自分を激しく揺さぶる逞しい身体にむしゃぶり付き、込み上げてくる吐精の予兆にいやいやを繰り返しながら、真琴は「もっと」と声を上げた。

もっとこのままでいたい――。彼を知っていたい。繋がっていたい。抱き締められていたい。抱き締めていたい。

けれど身体は達したくて堪らなくて、奔放《ほんぽう》に暴れている劣情の出口を探している。

「あア…ッ…あ、あ、あァ……ッ――」

「真琴――」

「アル…ア……っぃ…あ、ァ……っ」

「真琴……愛している――」

「アルフレード……っアルフレード――好き……すき……っ」

「気持ちがいいか。わたしを——感じているか？」

「ん……っいぃ……っ…気持ち…いぃ……っ」

次々と打ち寄せてくる快感に、声も上手く出せなくなる。喘ぎながら頷くと、息まで奪われるほど深く口付けられ、一層激しく突き上げられた。

「ア…あ、ァ…ゃ…あ、あ、ァ……っ……」

弾けそうな性器をきつく扱かれるたび、身体の奥で熱がうねり、腰が跳ねる。口付け合うたび、鼓動が、汗が混じり合う。気持ちよすぎて、このまま溶けてしまいそうだ。

縋るようにアルフレードを抱き締め、背中に爪を立てると、さらに深く繋がろうとするかのように、二度三度と奥まで貫かれた。

「っ…もぅ……も…ァ…っ…アルフレード……っ」

「いきそうか？」

「ん……っ…も…だめ……っ」

「真琴——」

「あっ——ア、ァ……！　あぁア……ッ——」

そして一際激しく穿たれた瞬間。

真琴は目が眩むような快感の中、高く掠れた声を上げると、背筋を突き抜ける熱に押し出されるかのように、一気に白濁を零していた。

直後、背が軋むほどの強さで抱き締められると同時に、埋められているアルフレード自身が大きく脈打ち、熱い飛沫が体奥で弾けたのを感じる。

アルフレードの愛が身体の隅々まで染み渡っていく悦びに、真琴は背を震わせた。

まだ整わない息のまま抱き締め返すと、涙の滲んだ目元に口付けられ、唇に唇が重ねられる。

彼の呼吸も乱れたままだ。

「ん……っ」

熱っぽい唇同士が触れ合っては離れ、離れては触れ合う。

やがて、どちらからともなく微笑み合うと、汗の浮いた真琴の額に、アルフレードの額がそっと触れた。

「ありがとう…真琴……。きみを愛している……」

「……僕も…愛しています。幸せ…です」

間近から見つめられ赤くなりながらも真琴が言うと、微笑みの形のアルフレードの唇がまた、真琴の唇に重ねられる。

「これからもっともっと幸せにする」

そして囁かれた声に胸がいっぱいになるのを感じながら真琴が微笑むと、真摯な誓いのように口付けられ、強く、きつく抱き締められた。

「真琴、今夜はわたしのところに届いた本を吟味《ぎんみ》してもらえるか。日本に行くまでに、いろいろと調べておきたい」

◆　◆　◆

翌日、朝の馬の世話が終わり馬たちを放牧地に放すと、アルフレードは馬たちを眺めながら、傍らに立つ真琴にそう切り出してきた。

真剣な瞳に、真琴はアルフレードの本気を感じ取って胸が熱くなるのを覚える。

昨夜、二人が愛を確認しあった後、真琴はアルフレードの屋敷を離れ日本に帰る予定のことを話した。

ずっと一緒にいたいのはやまやまだが、祖父が帰国を待っている。ずるずるとここにい続けることはできないと思い、十日後には帰国する意があることを伝えたのだ。

恋人同士になった直後にそんな話をするのはどうかと思ったが、時間が経てばそのままうやむやになってしまいそうで、思い切って切り出したのだった。

すると、アルフレードは黙って話を聞いてくれた後「わかった」と頷いてくれた。

しかし話はそれで終わらなかった。

なんと彼が「それならわたしが日本へ行こう」と言い出したのだ。

『きみのおじいさまにきちんとご挨拶をするのが筋だろう』

――そう言って。

そして彼は早速、ブルーノに日本について書かれている本をできる限り集めるよう伝えたようだ。

それを思い出しながら、真琴は「もちろんです」と頷いた。

「僕で役に立てるなら、なんでもします」

笑顔で言うと、アルフレードもにっこりと微笑む。

「ありがとう。今日はひとまずミラノで本を買ってくるらしい。日本の書店に直接手配もしているようだから、追々届くだろう」

「はい」

「日本に行くのが楽しみだ」

その声は、真剣さと期待と明るさに彩《いろど》られている。

微笑むアルフレードを見つめながら、真琴は胸が幸せでいっぱいになるのを感じた。

彼が日本のことを本気で知ろうとしてくれていることが嬉しい。

「わからないことがあればなんでも訊いて下さいね。それから…よければ、僕にももっと馬のことを教えて下さい。なんとかこっちにいる間に、一人で乗れるようになりたいので」

真琴が言うと、アルフレードは小さく笑う。

肩を抱かれ、そっと身を預けると、アルフレードは微笑んで続けた。

「そこまで言ってくれるのなら、きみがここにいる間にみっちりと教えよう。クレシェンテ…はまだ無理だろうが、ペーラなら大丈夫だろう。きみと遠乗りに行くのが楽しみだ」

「はい」

「それ以外でも、きみにはもっと色々なことを教えたいものだが……」

「え……」

直後、耳元に唇を寄せられたかと思うと声を潜めて甘く囁かれ、その意味深な言葉と声に真琴はみるみる真っ赤になる。

ノーブルなだけではないアルフレードの情熱的な一面を思い出し、耳まで赤く染めていると、

「ここでそんな魅力的な顔をされては困るな」

目を細めて微笑みながらアルフレードは言い、ますます真琴を赤面させる。

しかしほどなく、宥めるように肩を抱いてくると、次いで彼は「それにしても」とそれまでの口調に戻って言った。

「きみがいなくなってしまうのは恋人としてだけでなくこの屋敷の主としても大きな損失だな。厩舎のスタッフも残念がるだろう。真面目に一生懸命に、仕事をしてくれていたから」

「無我夢中だっただけです。それに、やっているうちに段々馬が可愛くなってきたから」

「わたしがきみを段々好きになったように、というわけか」

笑いながら言うと、アルフレードは柔らかく口付けてくる。

頬に、額に降る、柔らかで甘いキス。触れるたび、彼からの愛情が伝わってくる。

やがて唇が離れると、宝石のような緑の瞳に、熱く、真剣に見つめられた。

「こんなに、誰かを好きになるとは思っていなかった。好きになれるとは思っていなかった。ありがとう…真琴」

「そ、そんな……。僕の方こそ……」

「いや——わたしの方が感謝している。きみのおかげで、また馬に乗りたいという気持ちを取り戻せた……」

熱っぽい掠れた声は、真摯で真琴の胸を疼かせる。

見つめ合うと胸の高鳴りは一層大きくなり、ずっとここにいたいという思いが強くなる。

彼が日本に来てくれることは嬉しい。けれど、ずっといてくれるわけじゃない。

いずれは、このイタリアと日本とに離れてしまうだろう。それを想像すると、胸が苦しくなる。

だが彼には彼の仕事がある。大切な、馬を育《はぐく》み調教する仕事が。無理は言えない。

だから、「日本へ行く」と言ってくれた彼の気持ちが嬉しかった。

一緒にいたいと思っている自分の気持ちを叶えてくれたことが。彼も一緒にいたいと思ってくれていることが。

これから先のことはわからなくても、今が未来に続いている。今彼を愛しているこの気持ちがただ一つの本当のことだ。

真琴は間近からアルフレードを見つめると、微笑んで言った。

「じゃあ僕は…いつか言ったとおり明日は料理を作りますね。日本に来る予定のあるあなたに、僕の料理を食べてもらうのは凄く恥ずかしいんですけど……食べて下さい」

「もちろんだ。恥ずかしいものか」

すると、アルフレードは即座に答え、逞しい腕で強く真琴を引き寄せると、耳元で囁くように言った。

「わたしにとってきみは特別だ。きみが作るものも特別だ。明日は楽しみだな」

そしてアルフレードは破顔すると、澄んだエメラルド色の瞳でまっすぐに真琴を見つめてくる。

そのまま、ポケットから箱のような何かを取り出し、空いている手で真琴の手を取ると、箱の中にあった指輪を真琴の指に嵌めていく。

「これ……」

真琴が驚きに声を震わせると、アルフレードは「わたしはきみのものだという証だ」と微笑んだ。

「そして、わたしの愛の証だ」

アルフレードの言葉に全身が熱くなる。よく見れば、アンティークな指輪の表面には細かく馬の蹄鉄の模様が彫り込まれている。この家に長く伝わるものなのだろう。

突然の大きな嬉しさに胸がいっぱいで言葉を出せずにいると、そんな真琴を包むようにアルフレードは抱き締めてきた。

「離れることになったとしても、わたしたちの愛は変わらない。わたしの愛は、永遠にきみだけのものだ」

「アルフレード……」

「愛している――真琴」

胸を熱くさせる強さでアルフレードは言うと、きつく真琴を抱き締め、涙が滲む目元に口付け、唇を重ねてくる。

永遠の愛を誓うキスに全身で幸せを感じながら、真琴はアルフレードの身体をきつく抱き締め返した。

END

馬主《ばぬし》貴族は永遠を誓う

いい具合にとろりとなった「あん」の味をみてみると、挽肉のコクが加わった出汁《だし》の旨味と、葱の香りがふわりと口の中に広がる。

「うん…こっちはこれでよし、と」

この「あん」をかける茶碗蒸《ちゃわんむ》しはあと少しでできあがる。

あとは、時間が来たらごはんの火を消して、蒸している間に天麩羅《てんぷら》を揚げれば完璧だ。

「酢の物もOK、煮付けもOK、お吸い物もOK、と」

広いキッチンの作業台に並べているボウルやフライパン、鍋を一つ一つ指さして確認すると、真琴《まこと》はようやくほっと息をついた。

「なんとかできそう……かな」

時間も、少し遅いお昼には間に合いそうだ。

これで、アルフレードに日本のごはんを食べてもらえる。

「美味しいって言ってくれるかな」

口の肥えた彼に食べてもらうのはちょっと不安だけど、でも食べて欲しい。

今日真琴がアルフレードのために料理を作ったのは、表向きは「以前馬に乗せてもらったお礼」のため。けれど本当は、ただ彼に食べてもらいたいからだ。家庭料理しか作れないけれど、日本の料理を食べたことがないというアルフレードのためになにかしたくて。少しだけでも、彼の喜ぶ顔が見たくて。

当初の予定では、一昨日の昼ごはんを作るはずだったが、その前日の夜に、アルフレードから「待った」がかかり、今日になった。

その理由は、なんとアルフレードの友人であり以前この屋敷にも泊まったシルヴィオだ。どういう経緯なのか知らないが（ひょっとしてアルフレード自身が話したのだろうか？）、真琴がアルフレードに料理を作るということを知ったシルヴィオが、「それなら」と、彼が持っている和食用の器を貸してくれることになったためだった。

そのため、その食器が届くのを待つと同時に、真琴も、もう少し献立《こんだて》を考えたくて、結局、全てが揃ったのが今日になったのだった。

真琴は天麩羅を揚げる用意をしながら、作業台の上に出している数種の器をちらりと見た。

和食器は専門ではないから詳しくはわからないが、どれも随分といいもののように感じられる。

それらを気前よく貸してくれたシルヴィオは、いったいどんな人なのだろう？

アルフレードの友人だということは知っているし、この屋敷に泊まったときに話もした。けれど、結局それ以上は何も知らないままだ。

うーん、と、つい考えてしまったときだった。

背後に人の気配を感じ、振り向くと、厨房の入り口からこっちを見ている恋人の姿が――この大きな屋敷の主人であるアルフレードの姿があった。

「いい香りだな。そろそろできあがったのか？　食欲をそそられる香りだ」

目が合うと、彼は興味深そうに近付いてくる。

「だ――駄目ですよ、入って来ちゃ」

真琴は天麩羅粉を混ぜていた手を止め、慌てて言ったが、アルフレードはすぐ側までやってきてしまった。

「なぜだ。ここはわたしの屋敷だ。その屋敷の一部である厨房《ちゅうぼう》にわたしがいて悪いということはないだろう」

「そ、それはそうですけど」

真琴は口ごもった。

アルフレードの言うことはもっともだ。それに真琴だって普段ならアルフレードと一緒にいたい。けれど、作っているところを見られるのはなんだか恥ずかしい。

すると、アルフレードは真琴を、そして作業台の上のボウルや鍋を、更には準備中の野菜や海老をぐるりと眺め、小さく首を傾《かし》げて見せた。

「わたしがいると邪魔になるか?」

「邪魔なんて……。そんなことはありません。ただその…恥ずかしいので」

「恥ずかしい?」

「素人ですから、その、やっぱり手際が」

真琴がごにょごにょと小さな声で言うと、アルフレードは苦笑した。

「別に悪くはないだろう。段取り良くやっている」

「見てたんですか!?」

思わず真琴が声を上げると、アルフレードは楽しそうに「ああ」と頷いた。

「実はさっきから何度か覗いていた。きみの様子が気になって」

「……」

「いいものだな、わたしのために料理してくれている恋人の姿というのは。頑張っている様子を見ているとそれだけで嬉しくなる」

そして目を細めてアルフレードは言うと、

「それに、一人で待たされているのも寂しい」

間近からじっと真琴を見つめ、ふわりと包むように抱き締めてくる。

愛情を露わに伝えてくるアルフレードに、耳まで熱くなるようだ。

ややあって、真琴は小さく頷くと、

「いてもいいですけど……今から、揚げ物をするので離れないと危ないです」

窺うようにアルフレードを見つめる。

するとアルフレードは「わかった」と頷き、

「だがもう少しだけこうしていよう」

微笑んだまま囁くようにそう言うと、ゆっくりと腕に力を込める。

だから真琴は、しばらく耳が熱いままだった。

◆

やがて、できあがった料理をダイニングに運ぶと、二人は一緒に席に着いた。

「どれも美味しそうだ。それにこうして並べるとますます彩り豊かで綺麗だ。素晴らしいな」

「ありがとうございます。でもお箸で大丈夫ですか？　フォークやスプーンを……」

「いや、これで食べる。日本へ行くときのために練習しておかなくては。では頂こう」

そしてアルフレードは真琴に向けて微笑むと、不慣れな様子でも丁寧に手順良くお吸い物に口を付ける。

ドキドキしながら見つめていると、

「……美味しい……」

アルフレードは一層微笑《ほほえ》んで言う。

その言葉に、真琴はほっと胸を撫で下ろした。

「よかったです……」

口にあったようだ。

真琴も食べ始めると、確かに味見したとき以上に美味しくなっている気がする。

「本当だ。美味しいです。よかった」

安堵《あんど》の声でそう言うと、

「なんだ、心配だったのか？」

アルフレードに尋ねられ、真琴は小さく苦笑した。

「いつも通りに作ったつもりですけど、日本で作るときとは使ったものが違いますし、なにより
あなたの口に合うかが心配で」

「きみが一生懸命に作ってくれたものだ。美味しいに決まっている。これもこのとろりとしたソ
ースが美味しそうだな」

「それは日本では『あん』というんです。口当たりがよくなりますし、冷めにくくなります」

「なるほど。ではそれも楽しみに食べよう」

頷くアルフレードの箸使いは、ぎこちなくゆっくりではあるが綺麗だ。

元々仕草が美しい人だから何をしても優雅なのだが、ひょっとしたら練習したのかもしれない。

帰国が迫っている真琴のために、一緒に日本に来てくれるというアルフレード。

彼のその気持ちをしみじみと嬉しく思っていると、

「どうした？」

向かいから不思議そうな声がする。どうやらじっと見つめてしまっていたようだ。

真琴は「なんでもないです」と首を振りかけ、「そうだ」と話題を変えた。

「その、この器のことが気になってたんです。随分素晴らしいものを貸して頂けたなって思って。これのおかげで、料理も凄く引き立ちますし」

「世話好きなのだ、シルヴィオは。昔から」

アルフレードは笑みを浮かべて言った。

「わたしにはあまり親しい友人がいないが、彼は数少ないその友人の一人だ。それにこうした古いものを集めるのは彼の趣味だ」

「確か加々見《かがみ》さんもアンティークがお好きだ、って……」

「そうらしいな。趣味の合うもの同士が恋人同士になったというわけだ」

「そうですか……。それで、あの……シルヴィオさんって、いったい何をやってる方なんですか？」

さりげなく、と思って尋ねたが、どうやらそれはあまり上手くいかなかったらしい。

「気になるのか」

アルフレードは手を止め、尋ねてきた。

「え、ええ。まあ……。こんなに良さそうなものをぽんと貸してくれるなんて、気前のいい方だな、って」

「……」

しかし、アルフレードはふっと口を噤《つぐ》んでしまう。途端、真琴は恥ずかしさに赤くなった。

「あ——す、すみません、なんだか詮索《せんさく》するようなことを言ってしまって。忘れて下さい。ちょっと気になっただけなんです。あなたのお友達で、凄く親しい方のようだからどんな方なんだろう、って」

「いや。詮索だとは思っていない。どう説明したものか考えていた」

「？　そんなに難しい仕事なんですか？」

真琴が首を傾げると、アルフレードは食事を再開し、「ある意味では」とは頷《うなず》く。

ややあって、

「彼はマフィアだ」

ぽつりと言った。

「え？」

アルフレードに続いて食事を再開していた真琴は思わず手を止めてしまう。

だがアルフレードは、当たり前のように続ける。

「父親がまだ現役のようだが、いずれは跡を継ぐだろう」

「そ……」

「といっても母親は貴族の流れを汲《く》んでいるし表向きは海運業を営んでいる。ホテル業やリゾート開発も手がけているし、テレビ局か新聞社の株主でもあったはずだ。そしてもちろん馬主《ばぬし》でもある。彼はいい馬主だ。愛情を持って馬を応援して、走れなくなった馬でも必ず最後まで面倒をみる」

微笑みながらそう話すアルフレードを見つめていると、さっき聞いた「マフィア」という言葉への驚きがみるみる小さくなっていく。

そう言えば、シルヴィオも言っていた。

『周りはいろいろと肩書きをつけたがるけれど、わたし自身は和哉《かずや》を愛してやまない一人の男だ』

——と。

それはアルフレードにとっても同じで、彼にとってはシルヴィオの仕事がどうあれ、とても大切で親しい友人なのだろう。

「……そうだったんですか」

不思議とすっきりとした気分でそう頷くと、アルフレードも笑顔で頷く。

やがて、綺麗に食べ終え「ごちそうさま」と箸を置くと、「本当に美味しかった」と微笑んでくれた。

その笑顔に、真琴が心からほっとしていると、アルフレードはお茶を飲みながら言った。

「ところで明日だが、天気がいいようなら少し遠出しよう。きみもそろそろ馬に乗ることに慣れてきただろうし、この辺りの景色を見せたい」

「え…だ、大丈夫でしょうか」

馬に乗れるようになりたくて、この数日、真琴はアルフレードにレッスンしてもらっている。

いい馬に乗せてもらっているおかげでなんとか普通に歩かせることはできるようになったが、遠出なんてできるだろうか。

しかしアルフレードは「大丈夫だ」と頷くと、

「ゆっくりなら、きみでも大丈夫なはずだ」

そう言って「行こう」と見つめてくる。

優しいその瞳を見つめ返しながら、真琴は「はい」と頷いた。

◆

翌日、真琴はアルフレードと二人、馬に乗って屋敷を出発した。

ゆったりとしたペースで木漏《こも》れ日の射す森を歩いて、三十分も過ぎただろうか。

木立を抜けた瞬間、目の前に現れた美しい景色に、真琴は思わず感激の声を上げていた。

「うわ……凄い……」

大きな池と、風にそよぐ青草と咲き乱れる秋の花々。

まるで絵画のような景色だ。

空の青さを映し出している澄んだ池に見とれていると、

「気に入ったか」

アルフレードに訊かれ、真琴は夢中で頷いた。

「はい！　凄いです。写真でもこんなに綺麗な景色は見たことがありません」

「そうか。気に入ったならよかった。ここはわたしの好きな場所で、だからきみにも是非見せたかったのだ」

そう言うと、アルフレードは池の近くまで馬を進め、そこで馬を下りる。真琴も彼の手を借りて馬を下りると、二人は近くの草の上に腰を下ろした。

「馬は、大丈夫なんですか？」

繋《つな》がなくていいのだろうかと不安になり、真琴が尋ねると、アルフレードは「ああ」と頷く。

どうやら、ここの景色の美しさは馬も魅了するようだ。二頭とも大人しく、のんびり草を食べては水を飲んでいる。

明るい日射しの中、心から寛《くつろ》いでいる馬を目を細めて見つめていると、

「きみは上達が早いな」

隣から声がした。

見れば、アルフレードが微笑んでいる。

「まるっきりの素人だったとは思えない。たいしたものだ」

「そ、そうですか？」

手放しの褒《ほ》めように、頬が熱くなる。

「きっと馬がいいからです。だから僕も安心できて……」

「それはきみが素直だからだ」

照れながら言った真琴に、アルフレードは一層微笑んだ。

「確かに、きみが乗っている子はもうベテランで気立てがいい。だがそんな子でも、やはり乗せる相手との相性というものがある。彼はきみのことを気に入っているようだ」

アルフレードは馬に目を向けて言い、再び真琴を見つめる。

「きみは馬に気に入られやすいタイプなのかもしれないな。クレシェンテも、今ではすっかり慣れたようじゃないか」

「はい！」

クレシェンテの名前に、真琴は大きく頷いた。

神経質でなかなか慣れてくれなかったクレシェンテ。最初はどうなるかと思ったけれど、今はすっかり仲良しだ。

今朝も彼女の世話をしてきたのだが、しきりに甘えてきて宥《なだ》めるのが大変だったほどだ。

思い出してついにこにこしていると、

「少し妬けるな」

ぽつりと、アルフレードが言った。

びっくりして目を丸くした真琴に、アルフレードは続ける。

「仲がいいのは良いことだが、少し妬ける。きみはクレシェンテを見るときは特別優しい顔をしているし……」

「そ、それはあなたがそう教えてくれたからで」

「ああそうだ。だがこの間はキスしていただろう。わたしはしっかりこの目で見たのだからな」

「あれはたまたま……」

確かに一昨日、クレシェンテの世話をしているとき、たまたま彼女の口と真琴の口元がぶつかってしまったことがあった。

けれどあれは偶然で……と、真琴が戸惑っていると、アルフレードは笑いながら真琴の頬に触れる。

手袋のすこしざらりとした感触に背が震えた次の瞬間、その唇に口付けられた。

「!?」

「わたしのものだという証だ」

アルフレードは、優雅に口の端を上げて笑う。

次いで真琴の肩を抱くと、池へ目を向け、呟くように言った。

「ここはわたしが昔から訪れていたところだ。静かで、心が癒される」

「はい……」

「いつの間にか、なんとなく特別な場所になっていた。ヴォラーレが死んだときも、ここで彼のことを思い返した。何度も。だからその後、しばらくここへは来られなかったんだが……きみとは来たいと思った」

「……」

「きみのおかげだな」

「そんな……」

「きみに出会えて、本当に良かった」

噛み締めるように言うと、アルフレードは真琴の髪を撫でる。

「きみのおかげで、忘れていたものを取り戻すことができた。馬は生き物だから、携わっている以上これからも悲しいことはあるだろう。どれだけ注意していても、努力していても助けられない命もあるかもしれない。でもそれに向かい合う勇気を取り戻せた」

「アルフレード……」

「きみのおかげだ。きみが話を聞いてくれて応援に行こうと言ってくれたおかげだ。ありがとう」

心に染みる声で言うと、アルフレードは間近から見つめてくる。

美しい緑の瞳に、今は自分だけが映り込んでいる。それを見つめていると、彼とずっと一緒にいたい、という想いが込み上げてくる。

彼が日本に来てくれることは嬉しいが、その後、イタリアへ帰ってしまうときのことを想像すると、寂しさに胸が軋むようだ。思わず俯いてしまうと、そんな真琴の気持ちを受け止めてくれるかのように、アルフレードは強く抱き締めてきた。

「きみはわたしを助けてくれた。今度はわたしの番だ。きみのためになんでもしよう。真琴、わたしはきみのものだ。世界のどこにいても、わたしの心はきみと一緒にある。いつもきみのことを考えている。寂しいなら、不安なら、いつでも連絡してくれ。いきなり来てくれても大歓迎だ」

「アルフレード――」

「いや、わたしの方が何度も日本へ押しかけるかもしれないな。きみに会いたくて我慢できなくなるだろう。その前に、きみのところから帰らないと言い出すかもしれない。食事も美味しいし、ずっと日本にいたくなるかもしれないな」

笑いながらアルフレードは言うと、やがて、再びじっと真琴を見つめてくる。

澄んだ瞳に真摯《しんし》な情熱を滲《にじ》ませると、彼は熱っぽく、ゆっくりと言った。

「一緒にいたいと、言っていいのだぞ。いや、わたしがいたい。きみのためならここを手放すことも――」

「駄目です」

しかし次の瞬間、真琴は全てを聞く前に首を振った。そう思ってくれているだけで、もう充分に嬉しいから。

「そんな風に、思ってくれているだけで充分です」

「……」

「素敵な馬を、これからも育てて下さい。そしてまた一緒に応援しましょう。僕、また来ます。何度も、必ず。あなたに会いに」

真っ直ぐに見つめ返して言うと、しばらくのち、アルフレードは「そうだな」と頷く。

「そうしてお互い行き来していれば、会わない日の方が少なくなるかもしれないな」

「ええ」

真琴が深く頷くと、微笑んだアルフレードにそっと手を取られて口付けられる。そこには、彼が贈ってくれた指輪がある。ずっと続く愛を誓う指輪が。

「愛している、真琴。永遠に、わたしの愛はきみだけのものだ」

「僕も、愛しています。アルフレード……」

水辺に立つ馬たちがじゃれ合うように顔を触れ合わせているのを視界の端にしながら微笑み合うと、二人は引き寄せられるように唇を寄せ、特別な場所で永遠の愛を誓う長い口付けを交わした。

END

マフィアは恋を支援する

「そう、何種類か持って行かせるよ。え？　そう、持って行かせる。割れ物だし、結構な量になりそうだしね。うん──うん。いいんだよ、そんなに気にしなくて。うん──それじゃ」

友人との電話を終えると、シルヴィオは手にしていたスマートフォンをリビングのテーブルに置き、ソファから腰を上げる。

キッチンへ向かい、さっきからごそごそと音がしているそこを覗《のぞ》けば、案の定、恋人は大量の食材と様々な和食器を前に、考え込むような表情を見せていた。

形のいい柳眉《りゅうび》が寄せられた様《さま》はたまらなく色っぽいが、ここでそれを口にするのはさすがにタイミングが悪い。なにしろ、彼は今、シルヴィオの友人とその恋人のために色々と苦心してくれているのだから。

シルヴィオは彼の最愛の恋人──和哉《かずや》に近付くと、傍《かたわ》らのテーブルに置かれている古伊万里の皿を撫でた。

「何を貸すのかは決めたかな？　送るんじゃなくて直《じか》に持っていくことは伝えておいたから、器も食材も少々量が増えても大丈夫だよ。割れる心配もない」

「そこに出しているお皿と、こっちの漆器《しっき》がいいんじゃないかと思うんです。でもこっちのお皿はどうしようかと思って……」

「これとそっちの分を合わせると、かなりの量にならないかい？　セリザワくんが作る食事は二人分だよ？」

「そうですけど……色々と選べた方がいいんじゃないかと思って」

「……」

「僕はあまり料理が上手くないのでわかりませんけど、上手な方は器にも凝《こ》るんじゃないでしょうか。それに、作る相手が大切な人となれば、一層色々と気を遣うでしょうし……」

あなたのように、とテーブルの上と食器棚の中の和食器洋食器をぐるりと眺め、最後にシルヴィオを見つめて言う恋人を、シルヴィオは改めて好きだと感じずにはいられなかった。

◆

イタリアのマフィア、マルコーニファミリーの跡継ぎであり、つい昨日ミラノの競馬場で行われたイタリア大章典《だいしょうてん》で三着になった馬の馬主でもあるシルヴィオが、同じく馬主であり旧来の友人であるアルフレードから、「恋人に手料理を作ってもらうことになった」と聞いたのは数時間前のことだった。

昨日、シルヴィオは恋人である和哉、そして友人であるアルフレードとその連れである瀬里沢《せりざわ》真琴《まこと》とともに、競馬場でレースを観戦した。

そしてアルフレードの馬の勝利に祝福の言葉をかけて帰宅したのだが、なんとその夜、彼の牧場が火事に遭ったことを知り、慌てて今朝、事実確認とお見舞いの電話を入れたのだ。

『協力は惜しまないからなんでも言ってほしい』

シルヴィオは電話でそう言った。

幸い、人にも馬にも被害はなかったようだが、彼の牧場が過失で火を出すことなどあり得なかったから、事件性があるなら「色々な意味で」協力は惜しまない、と伝えたのだ。

だが彼は「これは自分の仕事だから」とやんわりと断ってきた。そして続けてこう言ったのだ。

「得られたものもあった」と。

いつになく幸せそうな、普段は人を寄せ付けない彼にしては珍しい口調《くちょう》に「おや」と思ったシルヴィオが少し深く尋ねてみると、彼はあっさりと「大切な人ができた」と口にした。

その言葉は電話越しでもわかるほど真剣で重みがあり、シルヴィオはそれを聞いて心から嬉しくなったものだった。

人と関わることに抵抗がないシルヴィオと違い、彼は「馬さえいればいい」とばかりに周りに対して無関心だったから。

しかも話を聞けば、彼の恋人――それはシルヴィオの想像通り、彼の屋敷に滞在していた真琴だった――は、彼に手料理を振る舞う予定であるという。

それを聞き、「それなら」とシルヴィオは自身が所有する和食器を貸すことを申し出たのだ。

せっかく恋人が作ってくれる日本の料理を食べるなら、器も彼の料理に合うものにした方がいいのではないか、と理由を付けて。

アルフレードは、当初こそ借りることに躊躇《ためら》いを感じていた様子だったが、結局は「ありがとう」と提案を受け入れてくれた。

それが数時間前。

その後、シルヴィオはアルフレードや真琴とも面識のある和哉に事情を話し、器と自宅にある日本料理に使えそうな食材を贈ることにしたのだが……。

事情が事情のせいか和哉がやけに張り切り、貸す・贈るものの量はどんどん増えてしまった。

そこで、先刻の電話だ。

シルヴィオは再び電話をかけ、少し量が増えそうなことと、割れ物のために直接部下に持って行かせることを伝えた。

そしてそろそろ、荷物の準備をしなければというところなのだが、和哉はまだ色々と検討しているようだ。十種類以上はある和食器、既に段ボール二箱になっている食材を前にしつつも、まだ「何か足りない」とばかりに秀麗な貌《かお》を曇らせて思案している。

「醬油は入れなくて大丈夫でしょうか。むこうのお宅にもあるとは思うんですが、色々風味が違いますよね」

「確かに違うけれど、もし別のものが欲しいときは店で買うんじゃないかな」

「でもあなたが取り寄せたこれの方が美味しいんじゃないでしょうか」

「どうだろう。わたしはそれが好みだし、きみも気に入ってくれているようだけど、セリザワくんやアルフレードはどうかな」

「一応入れておきましょう。念のためにこっちの薄口醤油も。それから……お吸い物やお味噌汁も作りますよね。出汁《だし》は何でとるんだろう……。この鰹節も送っておいた方がいいのかな。それともこっちが……」

床に座り込み、難しい顔で鰹節の入った袋を見比べている恋人を見ていると、その微笑ましさについ笑いが零れてしまう。

一見クールビューティーの和哉だが、中身はとても温かい。情熱的で思《おも》い遣《や》り深いのだ。

アルフレードの恋人が、昔世話になった骨董店の孫だと知っているから、そのときの恩を返すためにも、という気持ちでいるのだろう。

シルヴィオは微笑みながら和哉の傍らに片膝をつくと、彼の両手をそっと取る。

驚いたように見つめてくる恋人に微笑むと、

「両方、入れてあげよう」

囁くように言い、無防備になっている唇に優しく口付ける。

「彼らもわたしたちのように幸せになるといいね」

一層微笑んで言うと、突然のことに丸くなっていた和哉の瞳が徐々に和《やわ》らぎ、表情は柔らかな笑みに変わる。

「ええ」

そして笑顔のまま頷く和哉にもう一度口付けると、そんなシルヴィオの指に恋人の指が優しく絡められた。

END

こんにちは、もしくははじめまして。桂生青依《かつらばあおい》です。

このたびは本書をご覧下さいまして、ありがとうございました。

二〇一四年も甘くてラブ♥な一冊からスタートとなりました♥ しかも今回は彼や彼も登場、さらに番外もぎゅーっと詰め込んで……という盛りだくさんな一冊で、わたしも書いていてとても楽しかったので、皆様にも楽しんで頂けると凄く嬉しいです。

ご感想など、よろしければぜひお聞かせ下さいね。お待ちしています♥

今回も美麗なイラストを描いて下さった明神《みょうじん》先生。ありがとうございました。

真琴《まこと》もアルフレードも馬も（彼や彼も）、いつまでも見ていたくなるぐらい素敵で、本当に幸せです。心よりお礼申し上げます。

また、いつも的確で丁寧なアドバイスを下さる担当様、及び、制作担当様をはじめとする、本書に関わって下さった皆様にもこの場を借りてお礼申し上げます。ありがとうございます。

そして何より、いつも応援して下さる皆様。本当にありがとうございます。

今後も皆様に楽しんで頂けるものを書いていきたいと思っていますので、どうぞ引き続きよろしくお願い致します。

読んで下さった皆様に感謝を込めて。

桂生青依　拝

◆初出一覧◆
馬主《ばぬし》貴族は孤高に愛す　／書き下ろし
馬主《ばぬし》貴族は永遠を誓う　／書き下ろし
マフィアは恋を支援する　／書き下ろし

ビーボーイノベルズをお買い上げいただきありがとうございます。

この本を読んでのご意見・ご感想をお待ちしております。

〒162-0825 東京都新宿区神楽坂6-46
ローベル神楽坂ビル4階
リブレ出版㈱内 編集部

リブレ出版WEBサイトでアンケートを受け付けております。

サイトにアクセスし、TOPページの「アンケート」から該当アンケートを選択してください。

ご協力をお待ちしております。

リブレ出版WEBサイト　http://www.libre-pub.co.jp

BBN
B●BOY NOVELS

馬主《ばぬし》貴族は孤高に愛す

2014年2月20日　第1刷発行

著　者――――桂生青依

発行者――――太田歳子

発行所――――株式会社リブレ出版
〒162-0825
東京都新宿区神楽坂6-46ローベル神楽坂ビル
営業　電話03(3235)7405　FAX03(3235)0342
編集　電話03(3235)0317

印刷所――――株式会社光邦

Printed in Japan
ISBN 978-4-7997-1385-3